读客®图书

超级花生逗

讲冷笑话

把活人笑死，把死人笑活，把半死不活的人笑得死去活来！

超级花生逗 编著

江苏凤凰文艺出版社
JIANGSU PHOENIX LITERATURE AND ART PUBLISHING,LTD

图书在版编目（CIP）数据

超级花生逗讲冷笑话 / 超级花生逗著. -- 南京：
江苏凤凰文艺出版社, 2016

ISBN 978-7-5399-9070-5

Ⅰ. ①超… Ⅱ. ①超… Ⅲ. ①笑话—作品集—中国—当代 Ⅳ. ①I277.8

中国版本图书馆CIP数据核字(2016)第051428号

书　　名　超级花生逗讲冷笑话

出 品 人　华楠
著　　者　超级花生逗
责任编辑　丁小卉　姚丽
特约编辑　读客贾超　读客余慧
监　　制　读客周墨
策　　划　读客图书
版　　权　读客图书
封面设计　读客图书　021-33608311
出版发行　凤凰出版传媒股份有限公司
　　　　　江苏凤凰文艺出版社
出版社地址　南京市中央路165号，邮编：210009
出版社网址　http://www.jswenyi.com
经　　销　新华书店
印　　刷　北京海石通印刷有限公司
开　　本　710mm x 960mm　1/16
印　　张　14
字　　数　190千
版　　次　2016年4月第1版　2016年4月第1次印刷
标准书号　ISBN 978-7-5399-9070-5
定　　价　24.90元

如有印刷、装订质量问题，请致电010-85866447（免费更换，邮寄到付）

目录

自带伪装

新买的钱包到了！好酷炫
好奇特的钱包，掉在地上别人也不会捡起来。
对啊！我们试试！
想不到新钱包还自带伪装功能！
有人来了！
钱包
可恶！谁又乱丢垃圾！

谁当我女友

呀—啊——
我是你的忠实粉丝，参与了你每一场演唱会。今天有幸接触你，希望您能和我女朋友合张影！
握住
完全没问题。
各位美女，谁愿意当我女朋友？
耶！

万万没想到

早教的效果

胎教还是很有用的，妻子怀孕时我经常用手机播放各种交响乐，儿子出生后果然很小就学会了玩手机。

浪漫满屋

回家，发现门没锁，不会进小偷了吧？

于是我悄悄地溜进厨房，拿起菜刀。

这时，灯慢慢亮起，屋里发出红光，满屋的花瓣，香槟，蜡烛！

太浪漫了，我为眼前这一幕流下了眼泪，慢慢把菜刀放下。

老公从小屋发出了声音："亲爱的！喜欢吗？"

我擦了擦泪水说："谢谢你，老公！"

老公急忙跑了出来说："你不说你明天回来吗？"

我顿时又把菜刀拿了起来。

辞职

今天把辞职信递了上去，片刻，经理把我叫到他办公室，然后与我长篇大论……

说着公司现在前景，公司局势一片大好，给我画出他心中完美的蓝图，又夸我欣赏我，说我做事努力又上进，办事干练，反应与接受能力强。他说得唾沫横飞，我听得云里雾里。

可我就是一个扫地的……

就是因此才怕

中午舍友在卫生间洗澡，洗得差不多的时候，喊了我一声："帮我把裤衩拿过来。"

我说："自己拿，都是男的怕什么。"

舍友："都是男的我才怕。"

放手去拿

现在有钱人带女朋友去商场，都是直接大手一挥："去吧，宝贝儿，想拿什么就拿什么！"

其实，我也曾经这样豪迈过——当年我也经常带女朋友去商场，然后直接大手一挥："去吧，宝贝儿，想拿什么就拿什么！……小心别让人逮着！"

有什么冲我来

一对情侣走在路上，一男子跳出来抢劫，情侣掏出所有的钱说不要伤害他们，男子笑着说："我还要劫色。"

男的英勇地站在女的面前："有什么冲着我来！不要伤害她！"

男子愣了一秒，随后缓慢而又幽怨地说道："我说的就是你！"

终于可以和他们算账了

小王经常被黑社会团伙欺负，忍无可忍，便恶狠狠地对他们扔下一句：“你们等着吧，我会跟你们算账的！”然后就走了。一个月以后，小王终于如愿以偿，成了这个团伙的会计。

叔叔是有多丑啊

早上有个小孩来抽血，刚过来就开始哭个不停，他妈妈安慰他：“不要哭，就像是被蚊子叮一下，很快就好了。”

小孩哭得更凶了：“呜呜呜，是因为抽血的叔叔长这么丑还不戴口罩。”

开头很温馨，结尾很暴躁

今天有对小情侣来店里买东西，女的挑好东西去付款，男的出去开车等女的出来。无聊就剥了一颗荔枝，他正想吃，看了一眼女的，就拿在手里等她女朋友出来，然后给她女朋友吃了，我在旁边看着感叹一下自己逝去的青春和曾经的初恋，谁料后面传来了一句：“有虫子的给老娘吃？”

胖子的悲哀

六一，幼儿园出通知要求爸爸妈妈参加幼儿园举办的亲子活动，哥哥家的侄子回来把通知交给妈妈，期期艾艾地对他妈说：“妈妈，可以只你一个参加吗？”他妈妈莫名其妙，侄子接着说：“爸爸那么胖，我怕爸爸去把我们园的滑滑梯坐倒了。”胖爸爸的悲哀呀！

我必须炫耀点什么

与老同学见面，他炫耀自己好几套房子。为了压制他的嚣张气焰，我必须得炫耀点什么了，我带他走到一栋豪华别墅前，掏出钥匙打开了门，对他说：“我的开锁技术很炫吧？”

酒后乱性

我哥参加聚会，老爸打电话给他：“儿子，酒后乱性，不要多喝。”我哥无奈告诉爸：“这里全是男的哇！”沉默片刻，老爸语出惊人：“那更要注意酒后乱性的问题！”

手机还是得救了

下班回来，老婆给我说：“刚拉屎没口袋放手机就塞胸罩里，结果胸太小手机摔了下来，之后我想完了！结果肚子太大就卡在肚子上了……”

前台的好处

七夕，她更新了状态：“今天收到了几百束花，好开心啊。”看着一条条朋友们羡慕和吹捧的评论，她忽然觉得做个公司前台也挺好的。

青蛙王子

王子变成了青蛙，必须要公主的三个吻才能变回人。

青蛙王子找到公主，请她帮忙，公主亲了两口觉得味道不错，就做了一道爆炒田鸡。

鳄鱼不是鱼

今天一位动物学家来学校讲座。当被问到他怎么只有一条腿时，他说：“当年我为了证实鱼的记忆只有7秒。就用棍子敲大鱼的头，但它并没有逃远，我猜它7秒后就忘了，可它并没有，而且还攻击了我的左腿。”

“所以，您为科学付出了沉重的代价，证明有些鱼并不是只有7秒记忆？”

“不是，我证明了鳄鱼不是鱼。”

太突然

早上上班，看见女同事脸上有伤，问她咋弄的。

她说昨晚和老公打架了。

我说：“你不是说你老公昨天出差了吗？”

同事忧伤地说：“他昨晚半夜突然回来了！”

刘老师

教数学的老刘最近把自己的长发和胡须全剪了，他想试试看学生们还能不能认出来。

于是，他装着找人的样子来到班里，问：“你们班的刘老师来了没有？”

学生们看到后，边笑边说：“天啊，刘老师剪了头发，连自己都认不出来了。”

装白痴

一兄弟考上了电影学院，问他怎么考的，他说主考官让装白痴，他们都装得可像了。朋友问：“那你咋装的？”他说：“我没装啊，就像平常这样走了一圈就考上了。”

破裂的婚姻

法官劝一位太太打消离婚的念头。他说：“您都九十二岁了，您丈夫也九十四岁了。你们结婚七十三年，为什么还要离婚呢？”

那位太太说：“我们的婚姻早已破裂多年，只是为了儿女，才决定等到儿女们都死了再说。”

拍照

一个人到非洲丛林里考察。当他拿出相机要和一群土著儿童拍照时，发现孩子们向他大声嚷嚷。这个人便耐心地向孩子们解释："这是照相机，不会对你们造成任何伤害。它的原理是……"土著首领几次想插话都找不到机会。

终于等到这个人讲完了，土著首领笑着说："孩子们其实是在告诉你，你没有打开照相机的镜头盖！"

不要脸的人

怎么会有这么不要脸的人，快气死了，我刚才买了一碗肉丝面，同事不停地抢我肉丝吃，一共就那么几根肉丝，我生气就朝里面吐了口口水，以为他就不会再抢了，结果他也往我的碗里面吐了口口水！！！

你该洗澡了

一个学生去看医生，医生检查后说："没关系，注射一针病就好了。"

医生拿药棉在学生手臂上擦擦，如此反复三四次。

学生以为病重，担心地问："医生，问题严重吗？"

医生认真地说："同学，你该洗澡了。"

见义勇为

为大逗同学颁发“见义勇为”奖！
啪啪啪
鼓掌声
啪啪啪
鼓掌声
荣誉证书
你做了什么见义勇为的好事？
当时楼下起火，我想趁机把作业烧了，就一次性全扔下去了。
这不是帮倒忙吗？
没想到作业太多把火压灭了。
……

脑子去哪了

300W

室友一物理专业的电脑白痴，看到一电脑配置摄像头300W，脱口而出："坑爹啊！一个摄像头300瓦，这个电脑得多费电啊！"

这辈子都不想承认认识你！

赚翻了

今天在古玩店买了一个明朝的花瓶，回家一看瓶底下面还有一个二维码，于是拿手机一扫，结果显示的是唐朝的，我简直赚翻了。

原来是我掉下来了

我们寝室二哥是个做事很投入的人，包括睡觉。有一天晚上，大家熟睡很久，突然二哥从床上掉了下来，大家都醒了。

但是都懒得睁眼睛，持续五分钟左右。

在大家正要再一次入眠时，只听二哥从地上爬起。

大呼："坑爹啊！原来是我掉下来了。"

四楼

我家住四楼，那天和弟弟抬一箱矿泉水上楼，弟弟说：“你搬两层，我搬两层。”

我一想，很公平嘛，就先搬两层了，一抬头，到三楼了……

矿工

今天想提前下班，领导不允许：“你提前走人就算你是旷工了啊！你可得想清楚了。”

我呵呵一乐：“我本来就是啊。”

然后扛起镐子走出了矿区。

这智商太让人着急了

上班无聊玩手机，把媳妇QQ顶了，不出三秒，电话杀过来了说：“你为什么上我号？”

答：“无聊上的。”又闲扯了几句，突然媳妇大声说：“我知道了，你上我号是想用我的流量吧。”我还解释说我自己有流量……但越想越觉得不对。

不好意思，职业习惯

女，17岁，护士，就读卫校，边兼职边读书，做服务员迎宾礼仪小姐，经常跟客人打交道，所以改不了那句话：“欢迎光临，下次再来。”到医院实习，一病人康复出院了，就说：“祝贺你已经康复了，可以出院了，欢迎下次再来。”顿时，病人……

孩子你问得有点多

和儿子一起吃饭，他看我老吃鱼头，就问我：“你是不是特别爱吃鱼头？”

我放下筷子对他说："这是你奶奶给我做的榜样。小时候咱家穷，只有过年才吃鱼，你奶奶就只吃鱼头，把鱼肉都给我。现在咱们的生活条件虽然好了，但优良传统不能忘啊！"

儿子想了想又问："那时候你们吃的也是剁椒鱼头吗？"

证件类型

刚才有个大爷来开户，在证件类型那一栏难住了。他对着身份证反复看了好久之后，在空格里写："长方形。"

你还能再二点吗

女友昨天第一次去我的家中拜访，吃饭时问我父亲的属相是什么。

我说："就是生肖里最犟的！你猜猜看？"

女友连想都没想就直接回答："驴！"

然后只见老爷子铁青着脸，桌上其他人都直接憋到内伤……

知道

一个苏格兰人去伦敦，想顺便探望一位老朋友，但却忘了他的住址，于是给家父发了一份电报："您知道托马的住址吗？速告。"当天，他就收到一份加急回电："知道。"

听说西瓜霜能治口腔溃疡

有一天，儿子口腔溃疡，拿了一个西瓜放到冰箱的冷冻层里放起来了。我没看懂，问他："你这是干什么呢？"儿子说："听说西瓜霜能治口腔溃疡……"

自信追尾

一哥们儿喝高了，骑电动车回家，然后一头扎在了路边卡车上。没错，他追尾了。

哥们儿爬起来，追到卡车驾驶座。

一把把司机拉下来："你咋开车的？"

司机一脸惊恐道："大哥，我……我在这停了一个多小时了。"

不幸中的万幸

看到以M3S7开头的是假钞，赶忙拿出钱包看！还好我钱包里最大面额是十块。松了口气，吓死我了。

做想做的事

一少年在酒吧喝酒，突然来一女很浪地依附在男的身旁，少年问："妹子啊，你这是做什么啊？"

女："做你们男生最想做的啊！"

少年："哟，妹子！看不出来啊，这么文静还会打DOTA？"

这不是老人机

室友换了一个新手机，屏幕比较大，我看后说："这手机字真大，设计很人性化。"

他刚眉开眼笑要嘚瑟，另一室友说了一句让我们喷饭的话："老人机么？"

偷井盖

我刚考了驾照，借了朋友的汽车深夜第一次练车，很紧张，开着开着就听到"咣当"一声，吓坏了，下车一看一个大配件掉了，赶紧给搬到车上就开回去了，过了两天我又去借车，那哥们儿很生气地对我说：

“老弟你真行啊，太不地道了，开着我的车去偷井盖，你想害死我是不是？”

梦

我睁开眼睛，习惯性地拿出手机看时间，不看还好，一看吓一跳，竟然九点整，上班迟到了。

我吓得从床上弹起来，缓过神来，原来是个梦，吓死我了。

拿出手机看看，顿时心塞了，十点半。

打卡

今天开摩托在公司门口摔了一跤满脸是血，手和脚也擦破皮了……

打电话给同事救命，同事开摩托车箭一样飞出来，对着躺在路边的我说：“快上来，打卡还来得及！”

再哭把你卖了

今天在公交车遇到一对母子，小孩哭个不停，他妈妈吓唬说：“再哭把你卖了。”

居然没奏效，小孩还是哭个不停。我起身走到他们身旁说：“大姐，这孩子怎么卖？”

整个车瞬间安静了。

看鞋

鞋店，进来一帅哥看鞋，二货同事热情地询问：“帅哥想看什么款式的鞋？”

帅哥：“休闲鞋。”

二货：“哦，配什么裤子穿？”

帅哥：“短裤。”

二货：“平角的还是三角的？”

帅哥一脸黑线地走了……

淘宝不包邮

双选会一个学石油的妹纸和室友商量，说爸妈让她签克拉玛依，她不去。最后默默地说了一句，因为那边淘宝不包邮……众室友瞬间被雷得外焦里嫩。

分家产

从前有个富翁，临死前，对两儿子说，你们俩去砍柴看谁砍得多又快。一早，大儿子就拿刀上山砍柴，二儿子把刀磨得锋利也去了。

晚上，果然二儿子砍得最多。

富翁看了，对俩儿子说，家产给老大吧，反正老二那么能干！

我是个机智的好少年

机智追女友

我不喝酒不抽烟不玩网游，唯一爱好是钓鱼，但是我跟女朋友处对象的时候不是这么说的，我说：“我抽烟喝酒还爱玩网游，但是我可以为你改了。”之后说还是钓鱼吧，还可以修身养性。

教你如何清凉一夏天

为什么这么多人说热……其实还好啦……实在不行就找个喜欢的人去表白吧，不一会儿心就凉了。

心情不好就这么干

每次心情不好的时候我就穿上超短裙站到离十字路口最近的天桥上去，一只脚登高一点儿，看着天桥下一辆辆车相互接吻，我突然就释怀了。活着真好，然后潇洒地一甩头发回家卸妆去！

多哭几次

首先你得是一头猪

今天一同学一进寝室就大喊："我都要热成烤猪了！"

这时，我的上铺抬起头来淡定地说："首先你得是一头猪。"

莫生气

心理学家通过病例分析发现，生气一小时造成的体力与精神消耗，相当于加班六小时。

人的负面情绪得不到释放，会导致血压升高、胃肠紊乱、免疫力下降等，引起皮肤弹性下降、色素沉着，甚至诱发疾病。

以后谁对我不好，我绝对千方百计地让他（她）生气！！！

放长线，钓大鱼

朋友今天生了个小男孩，取个小名叫作小粽叶！问怎么取这么个名字啊，屌丝的品质一句话就暴露了，他说："你不知道今天杨幂生了个女儿叫小糯米，我儿子取名小粽叶，以后包了她！！！！"这才是神级屌丝啊！

同事你也太机智了

昨晚一同事下班，去他那旧摩托车开锁，准备回家，这时遇到个女同事。

女同事就说："这车这么破旧为什么还上锁！"

这同事淡定地回了句："那你为什么还化妆……"

加班

经理高高兴兴地跑到我们办公室，温情地说："今天是美好的一天，今天晚上也是一个美好的夜晚，今晚就让我们大家一起度过吧！"

我一听心就凉了，坑爹啊！又要集体加班了！！

就是这么蹭吃蹭喝的

今天坐车的时候，人特多，我旁边坐着一个漂亮妹子，我和哥们儿打赌要是这个姑娘主动和我搭讪你就请我吃饭，反之我请你！

这个二货愣了愣就同意了。

之后半个小时内我一直看那个漂亮妹子，可能是妹子纳闷吧，弱弱地就问了句："你认识我？"

又吃了顿免费的午餐！

老师你说的

课堂上我举手问老师："我待会儿买彩票能中五百万你信吗？"

结果老师哈哈大笑道："傻瓜，做你的美梦去吧！"

"谢谢老师！"说完我合上课本，心满意足地趴在桌子上酣然大睡。

作弊妙招

今天考试，考化学啥也不会，于是给同学打手势，同学连续指了好几个女生，我仔细观察了一会儿那几个女生，放心地写下了ADCDACDB。

请叫我雷锋

前几天我一大早准备了上千张小纸条，把上面都写上"我们分手吧"，然后跑向各大超市，不放过任何一盒巧克力，全部塞进去。

晚上，我应该可以在家狂摇微信，找各种美眉安慰她们了……对的就是这样，不要问我是谁，请叫我雷锋！

自卑

姨妈家开养鸡厂，中午去收鸡蛋，有的鸡下的蛋只有鹌鹑蛋那么大，姨妈说这种的不要收放在那儿。我问为什么，姨妈说放在那不收让它感到自卑，它明天就努力下大的了……瞬间被姨妈的睿智折服了。

怎么去医院

“请问医院怎么走？”

“看到后面的高架没？沿着高架一直走就可以了。”

“可那高架看起来没修好，是断的啊！”

“对的，从断的地方掉下去，就会有人送你去医院了。”

放心了

公司一小年轻没事居然喜欢看前女友的微博，大家都以为他旧情难忘。谁知昨天他放下手机，长出一口气道：“每次看到她的微博‘来自安卓客户端’，我就知道她还没用上iPhone。哼，分手也没混上好日子，我就放心了！”

绊到电源线了吧

一天上班期间领导到来，同事看到动静赶忙关窗口。

关掉微博，QQ游戏大厅出来了；

关掉游戏大厅，QQ聊天窗口蹦了出来。

眼看领导就到跟前，果断按下显示屏开关，痛苦万分地哀号：“怎么黑屏了？领导，绊到我电脑电源线了吧！我做的东西都没存呢……”

领导十分尴尬，边道歉边迅速逃走……

好多男生

单位新来个特漂亮的妹子，干了几天听说不干了，就找她聊天。

“小美女听说你不干了，单位好多男生都准备追你呢！”

妹子听了狐疑地说：“好多？单位总共不就三个男生么！去掉两个结婚的，不就你一个男生了？”

造谣

一位求职者在“特长”一栏中填上“造谣”。

主考官不信任地说：“你造个谣给我们看看。”

求职者走到门外，对那些等待考试的人说：“你们可以回去了，我已经得到了这份工作，没你们的事了。”

追女生

学弟问我：“怎么才能要到一个女生的联系方式？”

我说：“在食堂打饭的时候向个女生借饭卡，然后对她说支付宝转给她，电话号码、姓名都有了，再通过电话匹配到QQ、微信。”

学弟说：“如果她不给我支付宝怎么办？”

我说：“你傻啊！这样你就能免费吃到一顿饭！”

听我解释，都是误会

我是卖银饰的

我有个姐姐，在老家卖银首饰，生意还不错，挺疼我的。我刚毕业，要到省城打工，姐姐送我到火车站。

我上火车后，姐姐在站台向我大喊："打工太辛苦就回家吧，跟姐姐一起去卖银！"火车开动，我感觉全车厢的人都在看我。

老板，不是你想的那样

一次在拉面馆吃拉面，吃到半截看到外面警察叔叔在贴条，一个箭步冲出去，喊道："人在呢！人在呢！"跑到跟前才反应过来，今天出门骑小电动来的。在我松一口气的时候，衣领被拉面馆老板一扭，小子，吃碗拉面还吃霸王餐。我……我……老板，你听我解释……

擦嘴

刚吃了饭去公厕，蹲下想起来吃饭嘴没擦，便用纸擦擦嘴。

这时候突然进来一个人，他竟然带着惊愕的眼神退了出去。

什么意思？别呀！你听我说啊。

不嫌弃

都是裤子惹的祸

地铁上看到一潮男穿着两边不同颜色的短裤在座位上玩手机，地铁到站冲上来一大妈低头抢座位，一边喊“麻烦两位让开个位”一边掰开潮男的双腿坐了下去。

学日语

和家人在看电视。有一段是说日语没字幕，我就凭着多年的动漫基础硬是翻译了出来。我爸问：“你哪里学的日语？”我说：“看动漫，从字幕里学会的。”爸沉思了片刻，说：“你不会是看那种电影学的吧？”我连忙解释道：“不不不，那种电影一般没字幕的。”然后全家人集体看着我……

是我的

小明掏口袋的时候，一把钥匙掉了，当时没有发现，后来回去找。在路边有对小情侣在那里，男的突然激动地说：“是谁的？到底是谁的？”小明连忙说：“我的，我的，是我的！”后来小明才知道，原来是那女的怀孕了。

我炸你个飞机

今天去机场坐飞机，换了登机牌在候机室等着。闲得无聊，我戴上耳机用手机玩斗地主。

手气不错，第一把就摸到两个炸弹，上家出牌，飞机，我一激动吼道，我炸你个飞机！

喂喂喂，安检大哥，你们搜我干什么？

吓吐了

上小学时，每天早上都要发小酥饼当早餐。当时我们胃口小，于是中午拿回家吃，我也是带饼党的一员。

有一天，到第二节课时，我很饿，就想到吃桌子里的饼。当时那个乖啊，哆哆嗦嗦掰下大半块，也不敢往回放，就整个塞嘴里了。

恰巧老师叫我回答问题，我起来边喷饼渣边说，像个混凝土机似的。这不是重点，第二天，老师打电话给我妈说："你家的孩子太胆小了，回答问题都吓吐了。"

老师，我不是吐，我快噎得翻白眼了。

老婆，你听我解释

晚上去一哥们儿家和他妹妹三人无聊在那斗地主，输一盘就做十下俯卧撑。做不起的话一下一块钱。轮到我做地主了，输了三炸，俯卧撑刚做一半了，老婆来电话："你在哪，还不死回来？"

我："在朋友家打牌，待会儿回去。"

这时候哥们儿那边妹子冲我就吼："你到底做不做啊，不做也行，给钱啊！"

"啪"的一声，老婆把电话挂断了，再回过去就是："对不起，您拨打的电话已关机。"

小伙你想多了

今天跟男朋友吵架，两个人在地铁上就没有讲话，像不认识一样。

结果今天地铁停下来的时候惯性特别大，给我一个踉跄就摔到了男朋友身上，他抱着我就没有松手。

我眼看着旁边的小伙子一脸震惊地看着我们，然后……

往旁边的姑娘那儿挪了两步……

尔康我们不约

我姓福

紫薇："请问您幸福吗？" 尔康："姓福。"

紫薇："满足吗？" 尔康："嗯，满族。"

紫薇："我最喜欢霸气的男人" 尔康："我就是八旗的。"

我又不是尔康

大一寝室四人晚上出去找永琪理发店理发。

刚来大学对周围环境不熟悉，路上看到一个警察，我就一步上前："叔叔，你知道'永琪'在哪里吗？"

他一脸正气说道："我又不是尔康，我怎么知道永琪在哪里！"

他弟弟

高二的时候学历史学，里面有一课讲启蒙运动，伏尔泰是里面一个比较重要的人物。

在某个理科班，老师问："伏尔泰是哪个国家的？"

下面有个声音弱弱地说："是中国的……"

老师一脸惊讶和疑惑。见老师疑惑，这货补充道：“他不是福尔康的弟弟么……”

历史老师憋笑到内伤……

跟你姓福

福尔康深情地望着紫薇说：“紫薇，相信我，我会让你幸福的！”

紫薇很激动地扑到他怀里说：“好的，我相信你！我以后就跟你姓福了！”

做人的差距

想当年红到现在的《还珠格格》，小燕子嫁入豪门成了人生赢家；紫薇有了自己的工作室成了成功女性；金锁成了在娱乐圈翻云覆雨的范爷；永琪变成了导演；只有尔康，变成了表情包。

永不变质

紫薇对金锁说：“我上次暗示尔康说，女人喜欢能长久保存的东西。结果第二天我就得到一枚钻戒，你也可以对柳青如法炮制！”

金锁：“这方法我早用过了，结果第二天我收到了一包防腐剂……”

沉鱼落雁

小燕子问晴儿：“晴儿，‘沉鱼落雁’是什么意思？”

晴儿：“就是西施长得太美了，连鱼儿都害羞地躲到水底。”

小燕子（恍然大悟）：“哦，怪不得我都钓不到鱼。”

容嬷嬷在

皇帝终于再次临幸了皇后！

皇后激动道："皇上，怎么今天会想到臣妾这里来呢？"

皇上："最近老梦到鬼，似乎有冤魂骚扰朕啊！"

皇后："这跟到臣妾这里来有什么关系吗？"

皇上："当然有！你这里有容嬷嬷把门，哪个妖魔鬼怪敢来！"

我要我的紫薇

紫薇失踪了，尔康心急如焚，四处打听，终于有了一丝消息。

尔康筹集了巨款后来到便利店，把装满钱的袋子丢在对方面前，大声说："我要我的紫薇。"

对方掂了掂钱袋，给了他一箱伊利优酸乳，说："伊利优酸乳，我要我的滋味。"

诱饵

啪嗒啪嗒
按键声
诶！
有红包可以抢！
老师 的红包
恭喜发财，大吉大利
0.22元
已存入零钱，可直接提现
Yes!!
小声
shock
嘀嘀嘀
什么！
老师
请学习委员在考勤上登记好，上课玩手机的有大逗，小明,×××......
TAT

逗逼傻缺欢乐多

等我吐完水，我保证不会把你打死

天热去河里学游泳，二货男朋友说好的托着我慢慢游，到了水里二货大喊一声："去吧！皮卡丘。"

把我一下子扔出去好远，还好水不深啊，水再深一点我就挂了啊，等我吐完水，我保证不会把你打死！

不打自招

刚刚，老婆把吃了一半的桃子扔给我吃，我说："你吃剩下的就扔给我吃，你当我是狗吗？"

老婆瞥了眼我，一把抢了回去，我当时就急了，说："你竟然连狗的东西都抢，你还是不是人啊？"

老婆愣了一下，然后得意地说："不打自招了吧！这可是你自己承认的。"

好吧！我大脑短路了，让我静静。

瞬间反杀

老爸开始玩微信了，于是乎，我冒充陌生人加了他，想忽悠忽悠老爸。今天，他开始跟我聊，全程就只说他有一个不争气的儿子。哎，心好痛啊！！

戒指

梦里，屌丝拿出戒指向女孩求婚，女孩把戒指扔向大海。

她说："你要是能把戒指找回来，就说明你真的爱我，我就嫁给你。"

屌丝站在海边，迟迟没有下水，但没过多久，戒指就浮了出来。

我是拉拉

拉拉："你好，我是拉拉。"

我："你好……抱歉我不确定我是不是也是拉拉……不过很佩服你的勇气呀！一上来就出柜让我有点措手不及。"

拉拉："你好，我是咱们院的张拉拉。"

不准用手

同桌男生在上课时间用手指抠鼻，被老师看见了，拿了根粉笔扔到他头上，说："上课不准用手指抠鼻。"他看了看老师，又看了看粉笔，好像明白什么似的，拿起粉笔往自己的鼻孔挖。千万别说我认识他！

长得丑也有好处

公司职称考试，一美女同事给我丢答案，领导看见了。

领导把我边上帅哥同事逮了起来，同事大喊："冤枉。"

领导怒道："难道还是给他的？"

第一次感觉到长得丑也有好处。

套脑袋上

女："我想上厕所。"

男："这也没有啊，要不给你找一个黑塑料袋吧！"

女："塑料袋那么小也没法用啊。"

男："谁让你那么用了，你不会套脑袋上啊！"

老板你是逗逼吗

刚才买了个包子，咬了几口，发现里面没有馅儿，我问老板为什么。

老板说："我还没有掌握核心科技。"

真冷静

妻子："你作业写完了没？"

儿子："没写呢。"

妻子："都快开学了，你咋还一点没动？！"

儿子："这充分说明了我将来是要成就大事的人，因为我沉着冷静，临危不乱。"

妻子："你能坚持到交作业，那才叫真冷静。"

传染病

我办公室有俩同事，一男一女，常常为了鸡毛蒜皮的事情吵架，昨天又吵起来了。

女的："你有病啊？"

男的："是的，我有病，你传染的。"

看来是到放大招的时候了。

女的："我的病是月经不调，什么时候传给你的。"

男的瞬间石化。

羡慕人

家长会次日，小明和小刚在厕所相遇。

小刚："昨天你爸骂你了么？"

小明："没。"

小刚："真羡慕你，昨天我爸我妈组队骂我一宿。"

小明："有什么好羡慕的，昨天我爸一回家二话没说上来就是打！！"

你这个骗子

昨天接到一骗子短信，让我速把钱汇入农行一账号。

我半小时后顺手回了一条："已存5000，请查收。"

今天结果收到回复："都跑银行三趟了，还没收到你的钱，你这个骗子！"

电话求助

上大学时，冬天太冷早早就躺下，突然接到一个电话，原来是我隔壁房间的同学打来的："过来一下，有事情。"我不情愿地起来，过去了就问："干什么啊？""我们几个都躺下了，没有人愿意起来关门，麻烦你帮我把门关一下，谢谢。"我简直抓狂。

可以滚了

我们学校标志性建筑就是个大轮胎。每年都有很多毕业生与它留影。我毕业之际也未能免俗。都已挤出霸气的微笑准备登场时，班主任幽幽飘来一句："都知道，那个大轮胎是咱学校的标志性物品，其实，当你跟它合完影，学校的意思就是'你可以滚了'。"

劲使大了吧

同事突然放了个巨响的屁，面带尴尬望着我们，为了缓解局面我劝道："没事的，谁都会放屁的，来帮我看看我的报告。"他听了想起身过来又坐回去了，我正疑惑，另一同事走到他跟前递了块纸巾说："劲使大了吧！快去擦擦，哥是过来人了！"

那个也是我

和老婆发生了矛盾，就打了起来，结果我被打进了医院。朋友和一位大爷在安慰我，大爷说："小伙子，你这都算好的了，上回我看见一个小伙子被他老婆打得跟木乃伊似的。"我只想说："大爷，上回那个也是我。"

喂大的

在动物园，管理员对游客说："不必害怕，这头狮子非常驯服，它是用奶瓶喂大的。"大家都在点头时，旁边二货说道："我也是用奶瓶喂大的，但是我现在喜欢吃肉。"到现在还忘不了管理员的表情……

放过狗吧

本人大学生，寝室楼有养狗的，有天晚上一直叫个不停，大晚上的没法睡……

室友跑到阳台大喊："你日狗呢？！这大半夜的，让狗休息会儿！！！"

顿时听到整栋楼都在笑……

看我的

昨晚，一闺蜜过生日在KTV唱歌，看见有一陌生帅哥，闺蜜说来晚了要罚酒，我娇弱地说打不开（易拉罐装的那种），想借此机会搭讪帅哥。谁知二货闺蜜一把抢过说："看我的……"看……看你妹啊，姐们儿，你现在还觉得我单身跟你没关系吗?

喂奶

"大姐，你这孩子才坐了两站都哭六七回了，赶紧给喂点奶吧！"

"原来你一路把我的孩子吓哭六七回，就是等着看老娘给孩子喂奶啊？"

我错了，我就想做个好人

新的开始

昨晚回家，老婆让我跪搓衣板，我急忙解释："我没做错什么，为什么啊？"她说以后不让我跪搓衣板了，让我记住这种感觉。我一听立马乐呵呵地跪了，真是开心。结果第二天老婆买来了皮鞭的时候，我的心情无比沉重。

收费

老婆很贪睡，每天都要催她起床，今天都催了三次了还不起床，最后我终于怒了："如果不能在床上赚钱，就别窝在床上！"结果她回了我一句："明天开始收费！"

祖传的

新婚之夜，妈妈递给新娘一个镯子，说："这是咱们家祖传的，以后就得交给你了。"

爸爸递给儿子一件护膝，新郎很不理解地说："爸，你给我这玩意儿干啥，我早就不骑摩托车啦。"

别伤着我

爸爸回答："以后跪搓衣板时用得上，这也是祖传的！"

触屏

老婆："老公！帮我去削一个苹果，洗干净后给我吃。"

老公："我不去！"

老婆："你敢不听我的话？"

老公："当然，我不是声控的。"

老婆"啪"地就是一巴掌，厉声道："你是触屏的。"

老公："……"

谨慎交友

今天微信一妹子加我，然后哥们儿我就和她各种聊，各种暧昧，各种挑逗。最后妹子发了一张照片，好吧，各位男屌丝，没事千万别在微信上聊妹子。尤其是主动加你的，小心是老婆阴你。不说了，初春的地板还真是凉啊……

零花钱

老婆："老公，给，这是一千……"

老公："啊，老婆这次给我这么多零用钱？"

老婆："是啊，随你支配……"

老公："老婆，你太好了……"

老婆："不过你要把话费、电费交了哦……"

老公："没问题……"

交完话费、电费，老公哭了："整整花了一千二……"

买最贵的

哥们儿结婚让我陪着买家具，我非让他买那个高端上档次的大沙发，哥们儿死活嫌贵，好说歹说不同意。

最后旁边一个阿姨对他说："一看你的朋友就是过来人，沙发和床一样重要，你确定你结婚后每天都能睡在床上吗？"

哥们儿意味深长地看了一眼我发黑的眼圈，大喝一声："带我看看最贵的！"

三个字

夫妻俩躺着聊天，老婆叽里呱啦一阵说，最后老婆说："老公，你从来就没有跟我说过三个字……"

老公："都老夫老妻了，说什么呢，咱们睡吧……"

老婆意犹未尽还在说……

老公："老婆，现在我真的想对你说三个字。"

老婆很开心："哦！老公，你说啊！"

老公："滚开吧……"

如此霸王餐

和老婆去餐馆吃饭，我突发奇想，偷偷问她想不想吃霸王餐，她紧张而兴奋地点点头，于是我趁人不注意猛地扯了几根她的头发扔在汤里。还别说，这招真有效，店老板看我被老婆打得浑身是血根本就不敢收钱。

我是冤枉的

老婆不让我喝酒，晚上在同事家，盛情难却，喝了几杯。回家怕被老婆闻到，同事就让我喷了点嫂子的香水。

回到家，刚进屋，老婆嗅了嗅，就一巴掌呼过来："说，怎么回事？"

我心想，都喷了香水还能闻得出来！就承认了："宝贝！我就喝了几杯，又没多喝！"

“呦！你还喝酒了，说，跟哪个狐狸精喝的？”

“别打，别打！”

谁更可信

带儿子去超市，儿子看见一变形金刚套装，哭着要买，我不许。

儿子大声道：“你不买，我就告诉我妈你在商场和别的阿姨亲嘴。”

当时我就笑了，这没有的事啊，老婆不会信的。

接下来儿子就秒杀了我：“你说妈妈是信我这4岁的乖孩子，还是信你这个做生意的老油条？”

别记录

我和老婆一起看电影《完美谋杀案》。“我有点害怕。”她说，“是剧情太吓人了么？”“那倒不是，你别记笔记了成么……”

爸爸真厉害

妈妈正在家做家务，孩子突然说：“爸爸你真厉害，我真佩服你。”爸爸问：“为什么？”孩子说：“娶了个这么好的老婆，会做饭，会做家务，又能上班挣钱，长得又漂亮……”一顿好夸。爸爸正得意呢，孩子抬头对妈妈说：“妈妈你就不行了，你看你嫁了个什么玩意儿……”

“也”是什么意思

带着女朋友第一次到家见过父母之后，我爸问我：“这女的长得不好看，还有点胖，你怎么也喜欢这样的？”我正准备说话，我妈猛地一拍桌子吼道：“你给我解释一下你说的‘也’字是什么意思？”

答应我

一对夫妻不小心出了车祸，丈夫没有什么大碍，妻子却受伤极重面临死亡。

丈夫坐在妻子的床边握着她的手，身体不断地抽搐着说："你能……不能答应……我……一件事？"

丈夫抬起头艰难地说："不管任何事，我都无条件地答应你。"

妻子说："你……能……不能……不要笑得这么……开心。"

我肯定不是亲生的

中国好母亲

买衣服见服务员妹妹挺漂亮，给我打电话："儿子啊！今天出门着急忘带钱包了，我把这妹妹的微信号给你，你给她发红包转账把钱付了！"哈哈。感动流泪，果然是亲妈……不过，这个月是第几次了？

怕虫子

我从小就害怕虫子，各种怕。尤其是那种软体的，被吓哭好几次。

记得上初中的时候，有点叛逆，有次跟老妈闹别扭，气焰那叫一个嚣张啊！老妈被气得够呛。第二天，她不知道从哪拿了张纸捏了只大青虫子对我说："你听不听话，不听话就扔你身上！"当时我就给跪了，差点吓尿了！

直到现在她还教我老公说："她不听话你就拿虫子吓她！"

表白

今天跟我妈聊天聊到找女朋友，我妈教导我男孩子脸皮要厚，要敢表白，一个不行就表白十个，十个不行就表白一百个，总有一个瞎眼

知识点过敏

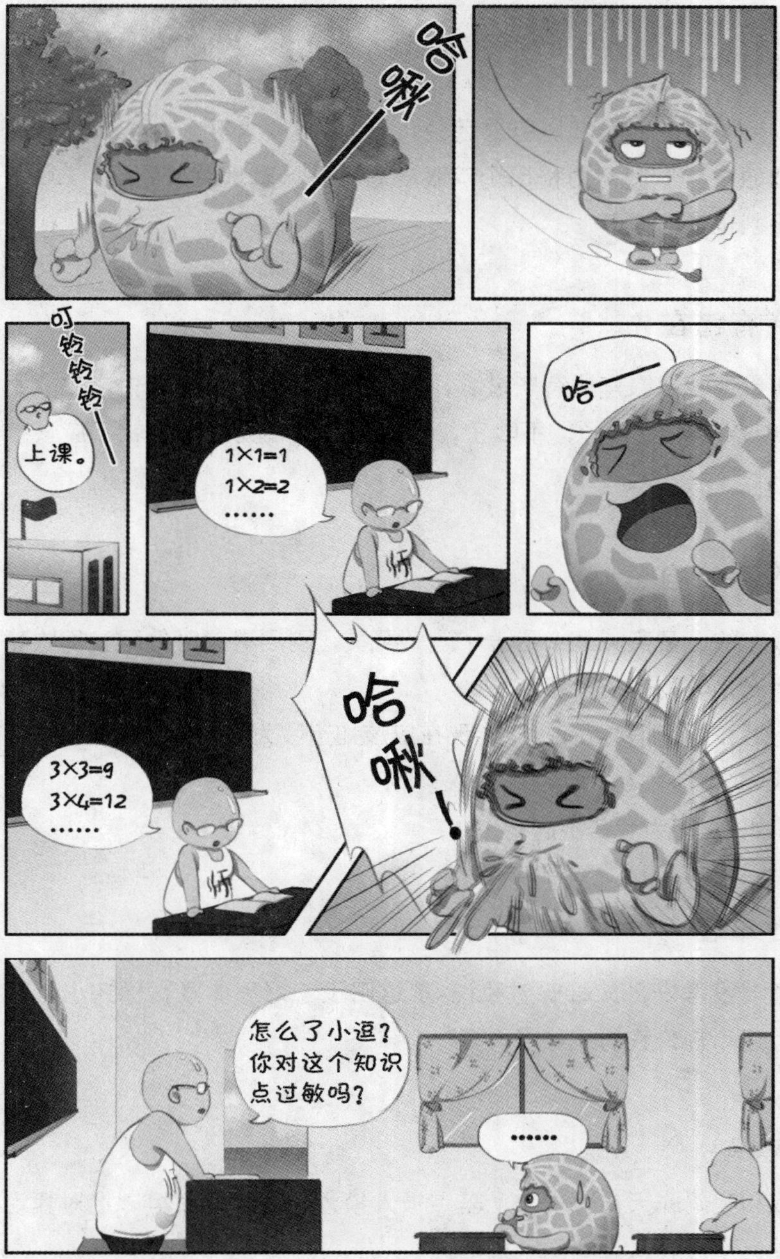

的。别拉我……让我一个人待会儿……

双眼皮

今天吃饭的时候我妈盯着我说："你单眼皮太丑了，走，我带你去割个双眼皮。"我努力挤出个双眼皮后，妈认真地盯着我说："算了，你割不割也就那样了……"

我有错在先

和母亲吵架，言语有些过激，事后自己很后悔，想要去道歉。不料我妈却说："好了好了，不吵了，毕竟我有错在先。当初就不应该把你生出来！"

人不如狗

我家的土豪亲戚上个月养了一条藏獒，刚刚聚餐时他跟我们吹嘘他一个月光是养狗就花了好几万。

然后我妈悄悄对我说："你现在应该知道我为啥养你了吧！"

我："为什么？"

妈妈："因为我养不起狗……"

趁年轻

考试没考好，父母安慰我说："这回没考好不要紧，你还小，我和你爸也还年轻，我们还可以再要一个孩子。"

别伤到人

我和我妈昨天在公交车上差点被人摸大腿，我妈很担心地对我说："你腿毛那么长，没戳伤别人吧？"

打电话

今天打我爸电话停机了。我给他充完话费后接着打，还关机。打给我妈手机也关机，以为出啥事呢，赶紧打给我老舅。我舅："你爸妈嫌你烦，他们换号了，让我不要告诉你！"然后挂了电话。

关窗户

昨晚跟老妈睡，忘关窗户了，早晨起来鼻子不通气……突然听见客厅里老妈得意洋洋地跟老爸说："我半夜醒来就觉着冷，一看闺女窗户没关，就赶紧回咱屋睡了，还好没感冒。"

值多少

我问老妈："如果有人拿十万换我，你换不换呀？"

老妈和蔼地对我说："傻瓜，我只有你一个儿子，你说我怎么舍得呢？"

我顿时感动得热泪盈眶，老妈看了看远方，淡淡地说："没有五十万，免谈！"

洗衣服

我坐在客厅看电视，老妈在一旁吃芒果，吃完问我："这衣服要洗吗？"我看了一眼，说："要洗的。"于是，她把手在我衣服上一擦，走了……

爸爸帮我

和我妈吵架，吵不过就去找老爸帮忙。

我妈就吼我爸："你帮她试试。"

我爸就对我说："你别过来啊！别过来。你会连累我的。"

我……

我可是儿子

爸妈吵架吵得很凶，突然老妈把她手机摔了，然后我爸就不服了，“你吵不过就吵不过，摔什么东西 ”

老妈毫不示弱：“我的东西我想怎么样就怎么样！”

突然老爸给了我一巴掌说道：“好啊！我儿子我随便打怎么样！”

老妈一边把我拉过去一边说：“儿子也是我的！”

说完又打了我一巴掌，我内心顿时崩溃了，我是不是亲生的啊！

左撇子

我从小到大左撇子，除了写字是右手，其他都是左手，刚刚在吃饭，我爸突然问我：你怎么用左手吃饭?

我瞬间震惊，我：爸，我都活了二十多年了，您还不知道我是左撇子？我是亲生的?

不是亲生的

一日，我在家中陪老妈，正在看电视剧。

女主角爱上了外国人，家里各种反对，最终分手了。

于是我问老妈：“如果我要跟外国人结婚，你会怎样？”

我妈仔细地看了看我，说：“你要是能嫁出去，别说外国人，外星人都行！”

顿时，我就觉得自己不是亲生的……

以后会有人的

今天老妈给我打电话对我说：“女儿，再过十几天就是你生日了，我打算给你买块玉。”

我挺开心的，说：“你不要被人骗了，买一些假玉回来。”

我妈理直气壮地说：“我本来就打算买假的，真玉等你以后的老公给你买。”

别往坏处想

深夜，老公未归。女儿心急给妈打电话：“妈！他还没回来，一定有别的女人了！”妈妈轻声安慰：“傻孩子，乖，别净往坏处想，兴许是出车祸了！”

暖手宝

昨天我发高烧，意识模糊，奄奄一息地躺在床上。我妈心疼我，躺在我旁边陪着我，用双手一遍又一遍地抚摸着我的额头和脸颊。正当我要被这浓浓的母爱感动到落泪的时候，我妈开口说道：“冷死我了，这温度正好给我暖暖手。”

大孝子

儿子在游乐园玩累了，要吃粉条，我给买了一碗。儿子站在餐桌旁边开吃。我感到有些渴，对儿子说：“给爸喝一口汤。”儿子很乖，把碗推给我。我俯下身正要喝，儿子又把筷子递给我。我说：“爸不饿，就喝几口汤。”儿子说：“筷子是给您用来挡粉条的。您喝汤，会把我的粉条也吸到嘴里的。”真是个贴心的儿子。

追女准则

老爸告诉我追女三大原则：“第一，让她开心；第二，称赞她的笑容；第三，晚上约她出来。”我问：“为啥要晚上？”老爸告诉我：“因为晚上她看不清你有多丑。”

借钱系列

1. 老妈：“闺女，一个人在外面钱够不够花？”

我："妈，你别操心我，够花的。"

老妈："哦，那能不能给我打两千……这几天输了不好意思跟你爸爸要。"

我："呃……哦……"

2. 我："亲爱的老妈！跟你商量个事情。"

老妈："少废话，发了奖金马上回来，你要是今年再敢买手机相机，回家我打断你的腿，我是说真的！"

我："你想多了！我就想买条狗养，买了马上回来。"

老妈："我早就和你说了，我们家只能养一只畜生，你和它只能留一个。"

我："那还是我留下吧！"

3. 我："爸，最近还好吧！家里的生意怎么样？"

老爸："已汇。"

我："真爱！！！！"

4. 我："妈妈！我爱你。"

老妈："有什么事？要钱免谈。"

我："亲妈啊！"

5. 我："妈咪！可以把下个月的生活费提前给我打过来吗？么么，妈妈最好了！"

老妈："对不起，你所发短信的用户以停机。"

我："妈妈！"以"字打错了……"

老妈："已。"

6. 我："老妈，最近手头有点紧。"

老妈："那快挂了吧，省点话费！"

我：“可咱是亲情号啊！不要钱！”

老妈：“那就省点电费啊，充电不得花钱！”

我：“我住宿舍不交电费啊老妈！”

老妈：“哦，那就省点力气，说多了容易饿。”

我：“……”

中国好嗓子

1. 孟非：恭喜某某导师与某某学员牵手成功！获得由某某导师赞助的由他举办的演唱会机会一次……

2. 我们一起来看《中国好凉茶》或《中国好呻吟》吧！

3. 喝加多宝不上火，看加多宝广告上火！

4. 中国好声音，神一样的开头，神经病一样的结尾。

5. 我心目中的中国好声音：下课铃音，苍老师的声音。

6. 中国好声音主持人华少如果去主持新闻联播，我们七点十分就可以看到天气预报了……

7. 汪峰："你来这个舞台，选这首歌，可以跟我讲讲你的初衷吗？"

辣妈："我那时候上的初中是铁岭一中。"

道高一尺魔高一丈

电视有温度，又偷看了吧！
第二天
冰块+毛巾
这次我放了冰块，肯定不会发现的。
干得漂亮！
我回来了。
快！快点收起来！
有静电！又偷看了吧！

8. 甲："哭丧费收这么贵，待会儿你得给我哭得真实一点，不要糊弄我。"

乙："放心吧，我参加过几期《好声音》。"

9. 包大人哼了一声："张龙赵虎，王朝马汉。"

"在！"

包大人得意地对公孙策道："怎么样，老夫才唱了一句，四位导师都转过身了。"

10. 汪峰："告诉我们你是怎么来到这个舞台的？"

选手："我先从网上订票，然后从老家坐动车到杭州，最后打车到浙江电视台……"

11. 我放了个屁，于是四位导师都为我转了身！

那英："你的屁很好听！是我想要的，可是，在第一个转音的时候气息稍显不足！来我的队里，我教你怎么放屁！"

周杰伦："哎呦，不错哦！这个屁我喜欢。"

庾澄庆："哇！不管他选不选我，我只想转过来看看他这个人，他的屁太恐怖了！"

汪峰："你的屁里面，好像有什么故事，来说说，你中午到底吃了什么？"

12. 好声音现场，导师："你会唱那英的歌吗？"

学员："会，从小听她的歌长大的。"

导师："最喜欢她哪首歌？"

学员："最喜欢她的《出卖》。"

导师："能给我们唱几句吗？"

学员："出卖我的爱，你逼着我离开，最后知道真相的我眼泪掉下来。"

13. 在家看中国好声音，我面部狰狞，气沉丹田，在镜头终于转至那英的刹那，我华丽丽地放了个响屁，当我羞涩地看着那英时，她真诚地说：“这声音太好听了，这就是我想要的！”

我想真诚地对那英说：“慧眼识英雄啊！”

理工男的世界我不懂

分析帝

走路摔跤，他会分析那条路修得不合理，整体解剖再提出解决方案。看电视剧会讲人物特征预测剧情，最后发现结局跟他分析的一样。商场促销购物，他能帮你算到如何花最少的钱买到最需要的东西。看个电影都要从头跟你讲历史科普人文地理，吵架说一二三。最不能忍的是打麻将居然算出牌概率！

吃和化学

跟男人吃凉拌木耳，蘸酱里有辣根（芥末），他使劲搅了搅说尝尝。我不吃辣但不好意思说，就蘸了一点，结果呛得眼泪呼呼的。他夹起一个蘸了好多放进嘴里，边嚼边说："辣根有味道的主要元素是烯丙硫氰酸，你必须保证它有足够的氧气才会发生化学反应，像这样……"边嚼边张着嘴，"这样才不会被辣到。"我怎么会喜欢他。

数据说话

我说要过儿童节，他说送你一只喜羊羊。我故作生气地说："你连我喜欢什么都不知道！”第二天早上，他小心翼翼地问我：“你是不是喜欢哆啦A梦？我昨晚统计了你所有的微博，人人和朋友圈，哆啦A梦出现六次，长颈鹿三次，皮卡丘两次，猴子两次，小熊维尼一次。”

死脑筋

目前异地，我的电脑坏了开不了机，找他远程遥控修电脑，第一遍修的时候没修好，他说那要不然把电脑邮寄过去让他修，我说怕摔坏，要不然我拿过去？其实我们两家隔的距离不远，四个小时的车程就到了，然后我内心是很想借这个机会见见他……结果理工男直接拒绝了。然后花了两个小时找攻略，最后远程硬是把电脑修好了……

有理有据

男票是造手机的，有一次打电话，然后我说话他总是说听不到，他说是信号不好，我就发脾气了，因为只要打电话过程中出任何问题他都会说信号不好。我就说：“怎么可能信号不好？信号不好为什么我听你特别清楚，你听我就听不到？”他就说：“是啊，就是这样啊，上传信号和导出信号是两条线啊！”我就憋到内伤……

冷战

有次我问他对冷战怎么看？他说：“是美苏冷战吗？你的问题十分专业。”我……

不吃安利

男友很高兴地要视频，说今天有一件重大的事，宇宙背景微波辐射被南极的望远镜观测到了。然后从宇宙大爆炸讲到了力的统一，最后是网络信号断了才没继续。我们有个共享账号，之后他定期上传学习的课件让我看……

我心里那叫一个痛苦，我对这个真的没有兴趣，我不吃安利啊！

有多大

有一次和萌妹子一起吃饭，说到我最近的实验。妹子问："你们那儿有很多兔子吧？好可爱啊！他们有多大呀？"我说："2.0kg至3.0kg。"然后那次约会以后妹子就没联系过我了。

云是这么形成的

老公是学气象的，呆得令人发指。每次我仰着头凑到他面前，噘着嘴巴撒娇说今天的云朵好像棉花糖，真诱人呀！他都会撸起袖管开始从云的形成开始，一直讲到云的分类……这样居然都把我泡到手了！我也够奇葩……

N种选择

有次我word文档忘记保存直接关了，我本想他会关心我安慰我，没想到他却说："你知道吗，你现在有N种方法可以恢复，1……2……你先试试，不行我再和你说3……"

送花

理工男就是那种会花一个下午做一个程序给你，一点开屏幕就会开满玫瑰花，但是却在最后告诉你这是以前给前女友做的，把你气死的那种蠢货。

内存条有用

有一年生日，男友说："本来想送个檀木的梳子，但是几百块一把梳子没什么实用性，要不送你内存条吧！内存条！！"

按手印

二逗，
拜托了！
帮我送给
女神！
哦。
你好！
有你
的信。
好漂亮
谢谢。
抓住不放
嗯？
你在我脸
上留个唇
印，就当
签收了。
如何？
还是给
你按个
手印比
较正规。

不解风情

上学时打水，轮到我时，塞子不知道怎么的打不开，排在我后面的男同学关切问道：“打不开么？”我羞涩道：“嗯啊！”谁知那厮答道：“那你到边上拧去，让我先装啊！”

只是普通的锤子

我老公在恋爱的时候送我一把锤子，那天他神秘地把锤子掏出来给我的时候我惊呆了，以为他要砍我！后来翻来覆去地看上面有没有刻上我名字或者纪念日之类的，结果都没有，那真的只是一把很普通的理工类毕业生的金工实习作品！

区区碳 12

和男友一起去看钻戒，自己试带着不亦乐乎，最后问他哪一款最好看，他说：“这不就是碳12么……”

这智商我也是醉了

百分之十五

去饭店吃饭要给小费，吃了三十多块钱，男朋友很痛快地给了两块钱小费。我当时还很惊讶他算得那么快，因为我还在想到底百分之十五是多少。然后男朋友说，百分之十五的小费不是十五块给一块么?

我……

真会算账

去吃了一次frozen yogurt，花了三块。我在跟室友讨论说十块钱能吃三次，男朋友插了一句："那好便宜啊！三块钱十次每次不到一块钱……"

室友："你给我买一个看看？"

嫁给我

晾衣服的时候，我说："快点，架给我。"

他说："好啊好啊。"

我等了半天他都没动静。

我：“衣服架啊，给我啊！你想什么呢！”

他：“我以为你说嫁给我……”

反正别人不知道

买了个组装衣柜，我让他帮我拼一下。我都把第一层拼好了，他看了一分钟图纸说：“不会拼。”所以我就让他帮我把方框拼好，告诉他具体的方法，拼好之后我一看，布的正反面弄反了。然后他表示：“正反面根本看不出来有区别嘛！谁知道要这样……”

帮你捂捂

一次女孩生病了，男孩陪她去医务室打点滴。

十分钟过去了，二十分钟过去了，都没有动静。

男孩寻思要打破沉寂，就问：“冷吗？”

“冷。”

“冷？那我给你捂捂。”

女孩脸红了，小声地说：“好。”

然后男孩起身……用手捂住了点滴瓶。

如此死板

和男朋友一起走，喜欢手搂着他的腰，顺便扯着他的衣服。有一天散步中，他忽然说：“别扯我的衣服了好不好？”我不悦，说：“你和我说话就不能加个宝贝？”于是他说：“别扯我的宝贝衣服好不好？”我：“……”

完全没参与

领导开会点名批评了我们部门，说我们进度没跟上。我们都没敢吱声，同事却拍桌子说：“领导！这个事和我没关系的！他们下午做这个事的时候我一直在看美剧，完全没参与！”

外带莫入

和几个头上戴着“豆苗发卡”的同学去吃火锅，进门时候被服务员拦住：“对不起，我们这不允许自己带菜。”

活该单身一辈子

你真水

室友玩LOL，俩人游戏水平差不多，有一次碰到一个妹子，约好三个人一起玩，两个舍友一起对妹子一个，然后A基本看见妹子就杀一次。室友B每次都假装打不过，或者跑过去被妹子杀。室友A就嘲笑B真垃圾，白银的都打不过！嘲笑！嘲笑！嘲笑！现在B已经和妹子网恋了，每天晚上开语音和妹子玩人机秀恩爱，A每天都是“哼哼”的表情！怪不得A单身那么多年。

我漂亮吗

一哥们儿和一女同学约会，坐在草坪上晒太阳，实在是聊得没话题了，女同学为避免尴尬，就问他：“我和那朵云谁漂亮？”

结果他想都不想就来了句：“一个天上，一个地下。”

叫爹干啥

有一二货室友，人长得还不错，就是女人缘差了点。

今天我和他在回寝室的路上迎面来了一女的。

智取泳池

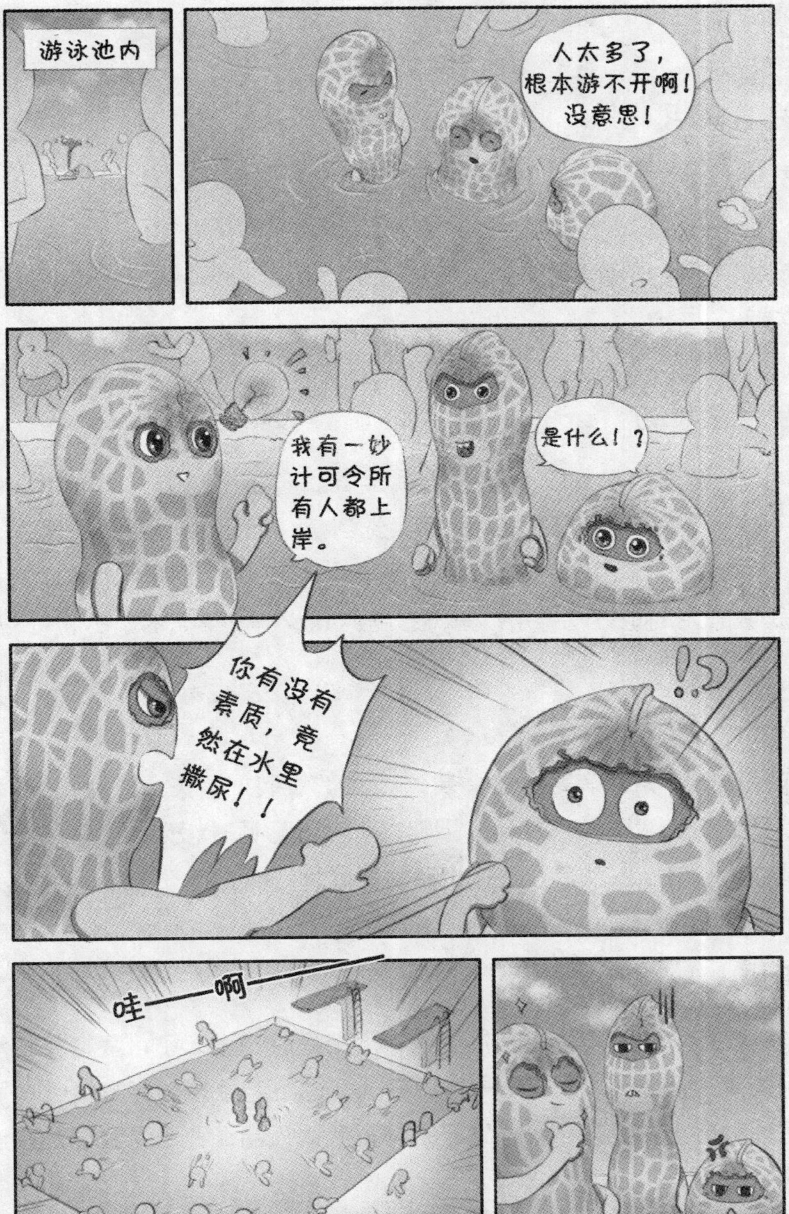

“嗨，帅哥！”本以为他春天来了。

谁知道这货回了句：“叫爹干啥！！”

给我倒点

屌丝：“我去接水，要不要我帮你接？”

女神：“啊，谢谢，不用了，我杯子里还有呢！”

屌丝：“噢，那你给我倒一点。”

女神：“我……”

我换个地方

单位一女同事早餐没有吃，正饿得慌。忽然见到前面男同事在啃面包，那个羡慕的啊。男同事好像察觉到了，回过头看那个女同事，问道：“你没吃早餐啊？”那个女生便拼命地点头，谁知那个男二货说道：“那我去别的地方吃好了，免得影响你心情……”

做点别的事

昨晚帮一个美女装路由器，装到12点都没装好，美女对我说：“装不好就别装了，我们做点其他事情吧！”我听后顿时怒火就上来了，你这不是在考验我么？然后我快速把路由器装好就回去睡觉了。

不服

昨晚我和一个女同事出差住旅馆，旅馆只有一张床了，我打算睡沙发，女同事对我说：“你跟我一起睡吧，不过不能做什么坏事情哦！”我听后顿时怒火就上来了，你这不是怀疑我的人品么？于是我硬是在沙发上睡了一晚。

给手机号

楼上两位仁兄做得对，现在的女人太可怕了。刚才有个美女对我说："你能把你的手机号给我么？"我听后顿时怒火就上来了，对那个女孩说："你当我傻？给你手机号我用什么？我手机号上还有20块话费呢！怎么可能给你！"然后我头也不回地就走了。

去宾馆

看来不是我一个人被女人坑啊！前几天，有个女孩QQ约我去宾馆，我听后顿时怒火就上来了，我对那个女孩说："你当我傻？有家不住去住宾馆？想坑我的钱，你还嫩了点儿。"然后就直接把那个女孩的QQ拉黑了。

住一间

昨天我和女孩子去玩，晚上没车回家了，就去住宾馆，女孩对我说："我们住一间吧！这样节约钱。"我听后顿时怒火就上来了，你这不是嫌我穷么？于是我就付钱开了总统套房！而且还开了两间！

追你

刚才放学时，我骑着单车准备回家，有个漂亮的女孩对我说："我能追你么？"我听后顿时怒火就上来了，追我？我赛车还没输过呢！然后我就骑着单车以光速逃跑了！

全心全意

我："能不能做我女友？我一定全心全意对你好，不会让你再感到孤单，答应我好吗？"

准女友："我还在公司，来接我吧。"

我："啊？可是下雨了啊。"

只属于我

学长骑自行车载一学妹回家，到了家，学妹下车羞涩地说："学长，以后你车的后座能只属于我吗？"说完脸红地低下了头。

学长顿时愣了一下，随即笑了，说："没问题，我今晚回家就拆下来给你。"

我生日

女："明天是我生日。"

男："噢。"

女转身走人。

男心里想这女的是不是有病，话讲一半就走。然后，继续沉思这几天没有过关的单机游戏该怎么打通关。

清者自清

女："班里面都传我们俩是一对啊！你怎么看？"

男："（正义凛然）别管他们，清者自清浊者自浊，我们俩什么关系都没有！别受影响……"

女："……"

等我看完

一男生每天晚上在自习室都会看到同一个女生，慢慢地他开始喜欢上了她。

不知道过了多久，有一天晚上，女生主动和他说话了，说："我注意你好久了，我现在有点累，我们一起去休息吧……"

男生看着书，说出了这辈子最经典的一句话："你先走吧，我还有几页书没有看完……"

玩游戏

今天，我在网吧玩LOL，一个妹子在旁边看韩剧。

接近10点左右，妹子说她不想看韩剧。

她家里只有她一个人，她希望我能和她一起去她家过夜玩游戏。

她还补充说她要和我玩一个世界上最好玩的游戏，这个游戏无数男人都梦寐以求。

我一听就呵呵了，果断拒绝她。

这个世界上难道还有比LOL更好玩的游戏?

当时那妹子用震惊的眼神膜拜着我，我心中那个乐啊。

心中想着："幸亏我机灵，要不今晚又耽误玩游戏了。"

今晚连续两把五杀，我为我这个英明的决定自豪，太机智了。

11点30分左右，我独自一人冒着寒风回家。

单身汪受到了成吨的伤害

不理你

回家路上看到一男一女吵架，女的吵了几句就说："你不是说这辈子都不理我了吗？有种你走啊！"

男的也在大声争执："你真当我不敢？等送你到家就不理你了！"整个过程，两个人一直拉着手。

会通知的

自从结婚以后，老公都没说过"我爱你"三个字。

我就纳闷了，问老公："你为什么从来不说爱我？"

老公："娶你那天已经说过了，如果有变，我会通知你的。"

瞬间被感动了！

接吻日期

记者采访路人情侣，出一些考验彼此默契的题目，问上一次接吻是什么时间，女生明显是害羞紧张了，歪着头还在想日期。男生揉揉她的头，低着头就吻了下去，然后把发蒙的女友搂在怀里，对着镜头说：

外人莫入

××饭店
我来这吃过，很棒的。
外菜莫入
看。
我们可要好好遵守，不能添麻烦。
嗯嗯。
怎么了？
肚子不舒服。我去下厕所。
厕所也写了“外人莫入”。

“刚才！”

我什么都不知道

她手机的密码是她自己名字的拼音。一天拿过后座的手机玩，加了锁。她下意识就把自己的密码输了进去，居然解锁了。她疑问地看向他，他脸颊通红，把头偏向窗外：“别问我，我不知道怎么回事！”

奶奶开门

他和她吵架，他摔门就走。她想了想还是趴在凉台窗口问他什么时候回来。他说：“再回来就是你孙子，我再也不回去了！”听他这么说她就把门锁死了。两个小时以后，他手里提着一堆吃的在门外敲门喊着：“奶奶开门……”

你重要

女：“到底我比较重要还是游戏比较重要？”

男：“当然是你啊！”

女：“那你为什么打游戏？”

男：“因为舍不得打你啊！”

养你

她是学生会实践部的成员，整天抱着一堆调查问卷问东问西。她问他：“你对养宠物感不感兴趣？”“可以考虑。”他沉吟道。“那你想养什么？”他淡淡的视线聚焦在她身上：“养你”。

让我家媳妇先走

他趴在桌子上昏昏欲睡，突然听到一阵急促的鸣笛声。“着火了？！”他一跳而起，冲出去跑到她的教室。无视周围人的眼光，不顾她的挣扎背起她就往楼下跑。边跑边喊:“让一让，让我家媳妇先走！”到空地将她放下后终于舒了口气。她羞红了脸，忍不住一巴掌拍在他背上:“笨蛋，那只是消防演习。”

求收留

早上她开门，看见楼上帅哥家的猫咪伏在外面，脖子上挂着一个牌子:“主人出差，能收留我几天么？”她笑笑，抱起猫儿进了屋子。而后那只猫咪都会可怜兮兮地出现，理由同上。这天，她听到敲门声，开门，却看见那个帅哥在门外。“那个……猫咪出差了，能收留我么？”

如愿以偿

朋友问他们是怎样走到一起的。她先说:“高三某天我路过隔壁班，看到一个男生靠在窗前看书，侧面完美得让人心悸，一瞬间我相信了一见钟情。以后我想尽办法倒追，终于得逞。”轮到他讲，他神秘地笑:“高三有段时间我每天都在摸索怎样靠在窗口看书比较帅，直到有天，那个傻姑娘经过，我终于如愿以偿。”

德芙，此刻尽丝滑

闺蜜问我:“知道为什么我的秀发这么柔顺吗？”我:“因为用了飘柔、海飞丝吗？”闺蜜:“不是啦！因为我经常吃德芙！”

把我的世界观还给我

伪娘

哥们儿第一次去漫展，看到了一个本命COS，长相那叫一个漂亮，哥们儿直接就把持不住了，和妹子聊了很久，其间妹子会适时地含笑回应，笑容甜得哥们儿内心那叫一个小鹿乱撞啊！整整和妹子聊了好几个小时，然后开心地离开。

之后他却惊讶地在男厕所看到这个COS站着尿尿，并用粗犷的声音和周围的人说笑。一瞬间，那哥们儿明白了对方为什么不和他聊天的理由，并且明白了那个笑容的含义，顿时想死的心都有了。

此后这哥们儿在漫展上不论看到多么漂亮的COS，都能用一种超脱红尘的目光，以一种处变不惊的态度看待她们。

扫把星

女："我17岁离家出走，是你在我身边。我无依无靠的时候，是你在我身边。现在我失恋了，还是你在我身边。我现在发现……"

男："这是要对我表白的节奏吗？"

女："我现在发现……你是不是扫把星啊！"

诚实的孩子

小明爸爸过河的时候掉进水里了，小明坐在河边哭。河神从水里升上来，拿出一个吴亦凡："小朋友，这个是你的爹么？"小明哭着说："不是。"河神又拿出一个李刚："小朋友，这个是你的爹么？"小明哭着说："不是。"河神笑了，说："你真是个诚实的孩子，那我就放心了，捞尸费3万，罚款5万。"

练手劲

读书时总悄悄把暗恋女生的水杯拧紧，然后她在束手无策时自己奋勇帮她打开。多年后街上偶遇，她已嫁人，她说："我早知道是你把杯子偷偷拧紧，我也默默配合。"我内心一惊，眼角一酸道："那你为何不道破？"她略带悲情失落地说："傻瓜，你长得那么丑，读书那么差，就让你练练手劲，别日后搬砖之时，也落后于人。"

遗言

一父亲没什么钱，但有四个儿子，快断气时将四个儿子叫到一起，从床下拿出一双筷子，被小儿一下折断，又拿出两双被三儿子折断，又拿出一把，大儿子看了看一把夺过来一下全部折断。二儿子说："你一辈子没什么钱，现在在教我们要团结吗？"父亲用最微弱的声音说了一句话后断气了……"败家子，这可是乾隆用过的，老值钱了！"

逆序解西游

如果把西游记倒过来看，其实更精彩。如来派师徒四人带上八部天书和小白龙去东土大唐传教，在一路上遇到了各种妖怪，打来打去发现他们都是有后台的，无论怎么作恶都不受惩罚，八戒和沙僧觉得太黑暗了，无奈一个躲进了高老庄，一个钻进了流沙河，只有悟空坚持正义一路斩妖除魔护送师傅东去传教。结果天庭对悟空实在忍无可忍就和如来达成协议——我们可以保证唐三藏平安到长安，不过你得把孙悟空这个刺儿头给办了。如来同意了。在一番阴谋之下，白龙重伤坠入山涧，悟空败了，被压在了五指山下，而唐三藏却抛弃了孙悟空，孤身来到长安，在长安传教，后皇帝发现并封为御弟，享受完荣华富贵，寿终正寝。

就这样过了五百年，悟空终于从五指山下逃了出来，一声不吭，把天庭搅了个天翻地覆。天庭被逼无奈许诺让猪八戒化为人身，封为天蓬元帅，沙和尚封为卷帘大将，只要他们能够杀掉孙悟空。

最后的最后，因为兄弟相残而心灰意冷的悟空去寻找菩提祖师解惑，然后他封印了修为，如意金箍棒扔进了东海化作定海神针，回到花果山，陪着猴子猴孙过完了平凡的一生，最终在花果山的山顶化作了一块石头……这才是真正的社会。

计谋

狐狸在森林里觅食，看到了站在树上的乌鸦嘴里叼着一块肉，它想吃那块肉，就对乌鸦说："亲爱的乌鸦，我觉得你一定唱歌很好听！"乌鸦听到这话高兴地唱了起来，嘴里的肉就掉到地上了。狐狸满心欢喜地弯腰去捡，身后的草丛里钻出来个老虎，一把按住狐狸："你个小吃货，不找个托还治不了你。"

一起白头

他牵着她在雪天里走着。

女生明显不耐烦，不停地用手扫掉头上和衣服上的雪花，问："我都说分手了还带我去哪？"他说："最后陪我走走吧。"女生问："你不冷吗？"他摇头："怎么会？"

女生不再说话，只希望路快点走完。放开手的刹那他差点落泪："我总喜欢在雪天里牵着你走，因为一不小心我们就可以一起白头。"

"可是已经天晴了，这雪花哪来的？"她抬起头，看见他一直都在挠头。

绝对值

某人拿着五毛钱向女友求婚成功，猜一个数学符号，是什么？
这肯定是问号。
不对，是感叹号。
NO NO NO，都不对！！
那是什么？
这不是很明显嘛！绝对值啊~

走错片场

白雪公主逃出王宫，来到森林看到一间小木屋。小木屋里面排列着七张小小的床，白雪公主就躺下睡着了。傍晚七个小人回来了，白雪公主说："你们就是我生命中的七个小矮人吧！"七个人面面相觑，然后说："你走错片场了，我们是葫芦娃。"

勤劳的人

一个乌鸦想喝瓶子里面的水，但是水太少，瓶子太高，最后乌鸦想到了一个好办法，往瓶子里投掷小石子，经过一阵忙活后，乌鸦终于能喝到瓶子里面的水了，可是正准备喝时，一个老太太走过来，把瓶子里面的水和小石子倒出来，把瓶子捡走了。

这个世界看脸

如果你是长得好看的话，在公车地铁上睡着了，头靠在旁边人的肩上，旁边的人会一直陪着你直到醒来。你要是长得丑的话，头一旦靠在旁边的人肩上，他会立即拍醒你，并温馨提醒你保管好财物。

细节决定成败

我一女同学，毕业后去一家大公司面试，竞争激烈，最后剩下她和另一个女士。两人都非常优秀，面试官犹豫就叫她们第二天再来面试，临走之前，她捡起了地上的碎纸屑，所以说细节决定成败，正是这不经意的一弯腰，恰巧被路过的CEO看在眼里，CEO透过衣领，发现她的胸特别小，当机立断录取了另一个女的。

只为和你相遇

他是个病孩子，没有人肯陪他玩。直到下了第一场雪，他堆了一个小雪人，他问："我可以抱抱你吗？"小雪人反问："为什么？"他说：

“因为我喜欢你。”小雪人沉默地投入他的怀抱。下一秒，他听见小雪人轻轻在他耳边说：“我穿越四季，只为融化在你的怀抱里，谢谢你喜欢我。”第二天，小男孩死于重感冒。

就是放不下

一个苦者对禅师说：“我放不下一些事，放不下一些人。”禅师说：“没有什么东西是真正放不下的。”苦者说：“可我就偏偏放不下。”禅师让他拿着一个茶杯，然后就往里面倒热水，一直倒到水溢出来。苦者被烫到马上松开了手。禅师说：“其实，这个世界上没有什么事是放不下的，痛了，你自然就会放下。”苦者马上把禅师按在地上一顿猛打：“烫死我了！让你烫我！让你烫我！我打死你！”

岁月的真相

“我告诉你，这支笔写出来的字一般情况下看不出来的！”“嗯？那要怎样才可以看到呢？”说完，他用手指沾了点水，在贴纸上一抹便出现了“生日快乐”。多年后，她找出了那个笔和纸，那是他给她唯一的生日礼物，她依然爱着他。她看着这些伤心落泪，几滴眼泪落下，一行字显现出来：“我喜欢你……”随着眼泪在纸上扩散。那行字后面又多了三个字：“的胸部。”

好男人＝猪队友

“真正的好男人并不是不玩游戏，不打DOTA不打LOL的，而是在他玩游戏的时候，只要你一个短信，一个电话或一个QQ，他就会为你直接退出游戏。”——这，就是传说中俗称的猪一样的队友……

这就是爱

相恋四年，他始终没给她一个承诺。大学毕业返乡的列车上，失落的她说完一句，“到站记得叫我”便睡去。几小时后，他把她叫醒。她望向窗外，入眼的满是陌生的风景。别过头，是他宠溺的笑：“咱妈让我带你回家看看。”

他带她到这个偏僻的山村，将她卖给了一个五十多岁的老光棍！

这就是本质

如果一个男人，可以大半夜跑去你家楼下唱歌给你听，可以在公众场合满足你任何无理的要求，可以在你不开心的时候扮小丑逗你开心，可以时不时地拿出手机看看，担心错过你的信息或电话，可以为了请你吃顿大餐而省吃俭用吃一星期泡面，可以手机二十四小时开机待命任你随叫随到。那么他一定是一个屌丝。

良辰不介意奉陪到底

不错，我就是叶良辰。你们的行为实在欺人太甚，你们若是感觉有实力跟我玩，良辰不介意奉陪到底。呵呵，我会让你们明白，良辰从不说空话。别让我碰到你们，如果在我的地盘，我有一百种方法让你们待不下去，可你们，却无可奈何。呵呵，良辰最喜欢对那些自认为能力出众的人出手，你们只需要记住，我叫叶良辰。无妨，你们可以把所有认识的人全部叫出来，良辰不介意陪你们玩玩，若我赢了，你们给我乖乖滚出贴吧，别欺人太甚。当然，若是你们就此罢手，那良辰在此多谢了，他日，必有重谢。

在下叶良辰，在下叶美景，这是我们的儿子：奈何天。

良辰名言

1. 人要明事物。
2. 良辰必有重谢。
3. 不介意，陪你玩玩。
4. 良辰不喜欢和人说废话。
5. 所以，良辰望你三思而后行。

6. 所以谁对谁错，一看就看出来了。

7. 呵呵，你只要记住，我叫叶良辰。

8. 那良辰多谢了，有时间，必有重谢。

9. 呵呵，我会让你明白，良辰从不说空话。

10. 你可以继续我行我素，不过，你的日子不会很舒心。

11. 你若是感觉你有实力和我玩，良辰，不介意奉陪到底。

12. 若是，相反，良辰最喜欢对那些自认为能力出众的人出手。

13. 兄台，你最好别逼我动用在北京的势力，我本不想掀起一场腥风血雨。

14. 我说是本地人，我可以有一百种方式，让你待不下去。而你，却无可奈何。

诗词版：

他日若遂凌云志，记住我叫叶良辰。
垂死病中惊坐起，记住我叫叶良辰。
儿童相见不相识，记住我叫叶良辰。
相逢何必曾相识，记住我叫叶良辰。
莫愁前路无知己，记住我叫叶良辰。
休问梁园旧宾客，记住我叫叶良辰。
闲来垂钓碧溪上，记住我叫叶良辰。
独坐池塘如虎踞，记住我叫叶良辰。
天生我材必有用，记住我叫叶良辰。
笑问客从何处来，记住我叫叶良辰。
有缘千里来相会，记住我叫叶良辰。
山有木兮木有枝，记住我叫叶良辰。
近日听君歌一曲，记住我叫叶良辰。

买一赠礼

××商城
购物送礼　买一赠礼
此等便宜岂能不赚！！！
××商城
购物送礼　买一赠礼
一赠礼
说好的买一赠礼，礼物呢！
收银台
买一个东西赠送一个微笑礼，没错啊！
……

网友装13版

老夫装13已经有17年，自认为无人能敌，今日得见贤弟，才知一山还有一山高，能将装13这种艺术和装可爱融为一体，实乃老夫生平仅见，贤弟的装13技术已至此境。老夫自叹不如，老夫觉得退隐装13界，从此不问世间事，但贤弟乃不可多得之装13器材，望贤弟再接再厉，一帆风顺，将如此独特的装13风格发扬光大。

赵日天版

赵日天："呵呵，在我赵日天面前继续装。"叶良辰："良辰不说空话，也不装！"赵日天："你之前不是很厉害吗？不是很厉害吗？在我赵日天面前就尿了？"叶良辰："兄台，别逼我动用在北京的势力，我本不想掀起一场腥风血雨！"叶良辰："我良辰的女人，就算动用家族的力量也要争口气。"赵日天："哇噻，良兄家族是干什么的啊？势力这么大！"叶良辰："我家三世三代都是军统做事，原子弹，我爷爷都参与研究。你说呢？""哈哈，好怕怕！"

尔康版

叶辰良，你可知道你今日霸占我福尔康的头条！我福尔康可是你叶辰良惹不起的人，你若感觉你有实力和我玩。尔康不介意奉陪到底！尔康最喜欢对那些自认为能力出众的人出手。尔康就问你怕了吗？

熊孩子第一个不服

开玩笑

本人经常出差。一天和老婆开玩笑，儿子也在。老婆说儿子，你爸经常出差，说不定你外面有弟弟妹妹呢。我说：“还有哥哥姐姐。”老婆：“儿子你听见了吧，你在外有哥哥姐姐，你爸在外有小三！”儿子头也没抬说：“老妈你有没有搞错，如果我有哥哥姐姐的话，你就是小三了好不好！”

给你糖吃

今天在公交车上，有点挤，一个小正太不小心踩了我一脚，然后马上说对不起，我看他认错态度良好就没怪他，给了他几块糖，他犹豫了下，就又踩了我一脚。

戴口罩

一天一位母亲带着女儿去吃饭。

女儿问妈妈：“妈妈，为什么那些服务员姐姐要戴口罩啊？”

妈妈：“哦，这是老板怕她们偷吃让她们戴的。”

女儿："怪不得你每次刷马桶都要戴口罩！"
妈妈已经哭晕。

后来就记不清了

小时候跟姐姐老打架，有一次她躺在凉席上看电视，我就想报复，猛地脱掉大裤头对着她脸放了个屁，结果一激动，一使劲！稀啦，拉稀了……拉她一脸，后来我姐打了我一顿，我妈打了我一顿，我爸回来也打了我一顿……后来还有谁我就记不清了……

后悔来这世上

小时候有次被老爸揍完后躺在床上，刚好牙齿换牙拿手摇摇就出血了，往地下吐了两口血水，老爸进来一看，当场就吓呆了，我想起武侠片里的情节，呻吟道："我估计不行了，真后悔来这世上……"老爸看到后吓得不轻，立马抱着我跑去医院，一路哭……回来的时候，我被揍得真的后悔来这世上。

能玩坏

地铁上，一小孩吵着想玩旁边帅哥的土豪金iPhone 6s。妈妈无奈跟他说："小孩子不懂事，你能借他玩下么，一会儿就还你。"帅哥没同意，小孩哭得更厉害了。一妹子看不过去了，拿出自己的白色iPhone递给那小孩，鄙视地对帅哥说："玩一下还能玩坏啊！"刚说完，小孩重重地把手机摔在地上，哭道："我不要白色的。"

姜还是老的辣

想起当年我爸真是牛叉。上班前把电脑的电源线藏起来。我找了一天都没找到，下班后告诉我藏在我的书包里……

感谢母亲

小的时候，周围村子里有很多淹死的孩子。我妈也怕我玩水被淹，就想了一个办法。一天傍晚，把我领到水边，给我洗澡，我玩得很嗨！突然，被什么咬了一口，都出血了！老妈说："水里有水鬼！专咬小孩，以后别玩水啊！"此后，离水很远。后来，老妈告诉我是她掐的！聪明的老妈！也导致我现在水性都不好，只会狗刨，还刨不了多远！

中间差价

小时候钱没有现在来得方便，只能在买材料的时候贪心一点。

有一次老师要买35块的练习册，我对老爸说："老师要买练习册，50块！"

结果转头就听到我爸对我妈说："儿子要买练习册，70块！"

于是我们相互看了看，嘴角翘起一个弧度！

不要离婚

小时候爸妈吵架，老爸突然对我问道："我要是和你妈离婚了，你跟着谁？"

我还没回答，老妈就诱惑道："儿子，你要是跟着我，妈妈天天给你做你最爱吃的油焖大虾。"

老爸一听急了，也连忙说："儿子，你要是跟着我，爸爸把你最想要的变形金刚买回来。"

看着他俩希冀的目光，我想了想回道："我想跟着妈妈。"

老爸听后抬手就给了我一巴掌，疼得我连忙改口道："不，其实我更想跟着爸爸。"然后又挨了老妈愤怒的一掌。

当我改了无数次立场却换来无数次打时，我终于想清楚了事情的关键所在，只见我扑倒在地抱着爸妈的大腿，痛哭流涕地喊道："不要离婚，我啥都不要就要我爸妈。"

"好孩子！"爸妈抱起我来感动地说道。

口渴

某天爸爸和六岁的儿子在看电视剧。

突然电视里出现了接吻的画面，爸爸机智地叫儿子去倒杯水来，儿子听话地去了。

过了不久，电视上又开始接吻了，爸爸又叫儿子倒水，这时儿子屁颠屁颠去倒水。

回来好奇地对他爸说："爸爸，你是不是一见人家亲嘴就口渴呀。"

爸爸："……"

长大的区别

小侄子问我："啥时候我才能长大？"

我问他："当你看电视看到女主角快要被糟蹋的时候，心里想的是什么？"

"当然是希望男主角快点出现来救女主角啊。"

"我跟你恰恰相反，这就是小屁孩跟大人的区别。"

我来帮你

一个老头慢慢地沿街边走着，看到一个小孩踮着脚想按一个门铃，但还是差了一点。

于是老头走过去和蔼地说："小朋友，我来帮你按吧。"说着，老头就按响了门铃，直到确信里面的人能听见了才放开了手。这时，小孩急切地对老头说："咱们赶紧逃吧，快！"

我该不该哭

小时候被妈妈打，我就哭，我妈妈说："不准哭，再哭就继续打。"

有次我妈妈又打我，我为了少受皮肉之苦，就硬忍着不哭。

结果我妈妈说："脾气还挺倔，有脾气是吧？"然后把我打到哭。

好学生 OR 坏学生

小时候，好学生的书干干净净平平整整，连个书角都没有；坏学生的书画得乱七八糟，书角卷了一层又一层。

大学了，好学生的书画得乱七八糟，书角了一层又一层；坏学生的书干干净净平平整整，连个书角都没有。

请家长

一帮老头儿老太太在上老年大学，有一天集体忘记做作业了。

校长闻之大怒，罚他们集体在操场站立，同时还带来了一个道士，好一阵舞剑、画符、念咒、烧纸。

老人们都呆了，问："这是要做什么？"

校长很严肃地回道："做什么？我要请家长！"

说多了都是泪

怀念童年

幼儿园想上小学，因为听说小学不用午睡。小学想上初中，因为听说不用把手背在后面坐了。初中想上高中，因为听说高中的老师不会管东管西。高中想上大学，因为听说大学里面有很多空余时间。大学想工作，因为听说工作不用再去上课。工作了发现还是想上幼儿园。

这才是猪队友

玩游戏的时候，我不怕神一样的对手，也不怕猪一样的队友，就怕关键时候打电话的女友！

超能力

小时候班里有个同学很调皮，上课时不小心把玻璃弄烂了，老师很生气地问他怎么回事，这货狡辩说他没碰窗户，就看了玻璃一下玻璃就烂了，结果这货中午被老师留在班级看另外一块玻璃，看不烂不能回家吃饭。

职业打脸

在做什么题，
我帮你！
好呀好呀。
一滴水从很高很高的地方掉下来，会砸伤人吗？
假设这滴水从5000米的高度落下，根据重力加速度和牛顿第二定律……
一滴水
5000米
嗯嗯！
崇拜
你没有淋过雨吗？
对哦！

姑娘冷静

姑娘，我给你讲黄色笑话是想看你害羞，我是在调戏你啊！不是让你讲一个更黄的给我听啊！请尊重一下流氓这个行业好吗！唉！唉！！姑娘你不要对我动手动脚的啊，你不要拉我啊，姑娘你自重啊，我只是个流氓而已，我卖艺不卖身的啊！救命啊！！耍流氓了！！

我在听

电话亭前排起了长队。一名男子站在电话亭里，十五分钟没说过一句话。队伍里有个妇女忍不住喊道："既然你不打电话，就不要占着机子了。我们还要打呢！""急什么！我在听女友教训呢！"

解释清楚

和女朋友吵架，她说："你给我解释清楚，不然我跟你没完！"我："好，我就给你解释清楚，你听好了！"她又马上捂住耳朵在那里说："我不听我不听。"我："……"

好老师

老师："什么样的老师才是最好的老师？我认为："一个好的老师，除了能很好地教授知识外，最重要的是激起大家对学习的兴趣。"二货同学："这说的是苍老师吧！"于是他就在凛冽的寒风中欣赏了一节课的雪景。

戒烟

早上，我把烟盒一丢然后宣布我决定戒烟！然后同事就丢了根烟过来："借什么借，没烟就拿我的，我这有！"

做题

叔叔家有爱玩电脑的二年级小表弟一枚，不爱学习，数学奇差。于是叔叔就把电脑的开机密码改成了一组数学题的答案。每天写在一张纸上放在电脑前，数月以后表弟数学竟然考了97分。叔叔甚是厉害……

后悔了

朋友胖子一枚，有次去幼儿园开家长会，坐的都是那种塑料的小凳子，没想到他一屁股把他女儿的喜羊羊小凳子给坐扁了。他那个尴尬啊，他女儿哭得老伤心了。幸亏一个小男孩拿出了他的熊大小凳子，不过在他坐下的一瞬间小男孩后悔了。

私人厨师

女神是个吃货，为了追求女神我苦练厨艺，终于打动了女神的芳心。她尝过我做的饭菜后喜笑颜开，有点不好意思地问我："可以一辈子都吃你做的菜吗？"我忙不迭地点头："当然可以。"女神很开心地打了个电话，一会儿，她男朋友就带着一纸终生私人厨师的合同来了。

来真的

初中有两个男生，很会玩，长得也帅。一天182把176公主抱起来，然后作势要吻，176也很配合闭上眼，然后就真亲上了。182迅速放手，176快速跳落，二人以迅雷不及掩耳的飞速弹开，到班上对角线的两个角缩起来拼命擦嘴，然后指着对方怒吼："你为什么不躲！"对方虽然震惊但又同步地吼："我以为你会躲！真亲啊！"

带我一个

上学的时候有次要请假，苦思冥想怎么都想不到理由。后来打了个电话给班主任直接说太久没吃肉了，要请假吃肉。班主任居然批了，并对我说："我也是啊，能不能带上我？"

一边大一边小

老婆淋浴出来对我说："亲爱的，我感觉我的胸部一边大一边小。"我笑道："我感觉是一边小，一边更小。"于是我现在觉得自己的膝盖肿得一边大一边更大。

老婆给的

我这条命可以说是我老婆给的，当年我们俩去游泳，游泳池里只有我们两个人。我溺水了，虽说水深只到我头发的位置，但我还是溺水了。正当我无力蹦起来呼吸空气快要死掉的时候，她从泳池里爬了出去，水位便降到我脖子处了。

我又不傻

"亲爱的，给我打一千九百九十九块钱好不好？"

"可是，我们才刚在一起不久……"

"哼，难道你以为我是那种骗男人钱的女人吗？"

"没，没有。好啦我给你，为什么不要两千呢？"

"我又不是傻，两千就可以立案了。"

我很难过

自从他在微博上公开自己是gay后，有个男的就对他死缠烂打，不管他移粉多少次，对方都立马换个小号继续关注他。他不厌其烦地告诉对方他有喜欢的人，那人不信，他便发他和男神的合照过去。一阵沉默后，下铺突然用力踹了他的床板："你早说你喜欢老子会死啊，你知道我刚刚有多难过吗！"

我是过来人

有一次还在学校补课，从小就疼我的表姐来学校看我并且请我出去吃饭，当时我推辞道："表姐，还是我请你吧，我身为男子汉怎么能让女士请客。"

表姐笑骂道："怎么？你还想请我？你个小屁孩有钱吗？"

"我有攒下来的生活费！只不过不算多。"我竭力维护着作为男子汉的尊严。

"狗屁，姐我是过来人，知道像你这年龄大男孩，平时用的纸都比别人多，还能剩什么钱？"

我："……"

这下糗大了

学舞蹈的妹子伤不起啊！大姨妈来了还要穿着紧绷绷的体操服各种下腰劈叉，就感觉练着练着下面一股热流，然后果断霸气侧漏。心想漏也就让它漏了吧！可是忘记此时是名男同学在给我搬腿，对视着他惊恐的眼神，他说："对不起，血给你搬出来了！"愣了几秒后两人各自凌乱了。

大妈好样的

之前在食堂排队打饭，到我前边那哥们儿的时候手滑没接住大妈找的5毛硬币，只见硬币直接掉在了一大锅热汤里，可大妈一点都不尿，果断地伸手入锅，好像吸铁石一般一刻都不带停留地就拿出5毛硬币，在抹布上擦擦手后交给前边那哥们儿，整个过程不超过2秒。然后好像什么都没有发生过一样招待我，看看那个5毛硬币，再看看大妈的手，我忍痛不喝汤，然而就在我转身的那一刻，我听到了一个响亮的声音："来碗汤！"

原来如此

我出生便是又瘦又小，满月后，我妈带着我去姥姥家串亲戚时，总是徒步挎个篮子。图省事，就把我放在篮子里，盖个毛巾枕巾什么的。

有一次，路上正好碰到了我三姥爷推着小车子去城里卖西瓜，见了我妈，非得给我妈送个西瓜，我妈不要，推推搡搡几个回合。

我三姥爷是个暴脾气的爽快人，顿时瞪了眼“呼哧”一下，离得老远，直接把个大西瓜投到我妈挎着的篮子里了。

哎！搞得我现在照镜子，总觉得自己的头又宽又扁！

下次别找我

同学打电话，踢球救场。

我和朋友一起去的，朋友先上场。

同学单位老大看了会儿说：“你朋友踢得真猛呀！这样踢不行呀！”然后指了指我，继续说道，“一会换下来让他上。”

同学过来拉着我：“这是跟局里踢，不能赢，别输太惨就行！”

我那个恨啊！当即甩下一句狠话：“以后踢球别来找我。”

什么都不会

“你大学学的是什么专业啊？”

“计算机啊。”

“哦，你大学很贪玩吧？”

“你怎么知道？哈哈，你也这样吧。”

“不，我是看你什么也不会……”

各取所需

人太多了，
要等多久啊！
是啊！存个
钱真麻烦。
ATM
正好！
我取款呢！
你直接把钱
给我好了，
这样就不用
排队了！
嘿！你别说，
还真是个
好主
意！
给你。
不对！
又被二逗
给骗了。

评论才是本体

长这么大没谈过恋爱

“长这么大都没有谈过恋爱，好想感受一下被人追的感觉。”

“买东西不用给钱就行了。”

死宅的宅呢？

哥们儿刚毕业上班，感慨自己作为一个死宅，实在是不适应上班的节奏，于是各种诉苦。

另一个哥们儿听了愤愤地吐槽道：“连个房子都没有，你居然还想做宅男？”

知识面广

室友在备考公务员，看了会说：“公务员考试怎么什么题目都有啊！天文、地理、人文、历史都有。”

另一个室友悠悠地来了一句：“公务员上班都是聊天，知识面不广谁跟你聊啊……”

离职原因

马云说：员工的离职原因林林总总，只有两点最真实：

1. 钱，没给到位；

2. 心，委屈了。

其实这些归根到底就一条原因，干得不爽。

回复：女人也一样。

想太多

如果现在是北京时间早上8点整，我飞往巴黎，到达后巴黎当地时间为早上8点整，请问我的生命相对延长了吗？

回复：难道你把手表的电池抠下去，你就不死了吗？

看脸色行事

包大人：“展昭，过会儿，你看我脸色行事。”

展昭：“大人，你别搞笑了。”

五楼真相了

早上起来看到一则评论，原文是这样的：

一楼：大家冷静一些，都过来，听听五楼怎么说？

二楼：我认为五楼说得很有道理。

三楼：五楼说出了人民群众的心声。

四楼：五楼确实说得很好！

五楼回复：楼上的都是白痴！

加班费

加班到深夜，精神疲惫的我为了发泄心中的苦闷，冲到空无一人的楼梯间高唱了一句《蓝精灵》的主题曲：“在那山的那边、海的那边有一群蓝精灵！”

忽然，楼下传来一个哀怨的声音：“他们苦逼又聪明，他们加班到天明！”

接着远处又飘来：“他们劳心劳力，齐心合力，只为那加班费。”

作业大军

“将军，我们被作业包围了！”

“敌方有多少兵力？”

“17个试卷师，6个作文旅，8个作业本轰炸队。”

“我们的兵力有多少”

“1个钢笔队，食物只能维持7天。”

“算了，投降吧。”

回复：不要担心，你的援军正在路上，1支圆珠笔空降师，2个铅笔山地旅，还有各类橡皮画笔颜料以及能够维持60天的方便面等各类物资将同时到达。如果还做不完作业，小心司令扒了你的皮。

业界良心

刚去吃面，进门看到一小朋友在吃肉丝炒面，肉丝挺多。于是我也来了一份，等我肉丝炒面上来以后肉丝少得可怜，这时听那小朋友对着老板来了句：“妈，我要喝汤。”瞬间觉得被坑了。

回复：人家儿子都敢吃的饭，简直是业界良心啊。

网恋需谨慎

告诉大家一个事，千万别搞网恋了。我上个月玩网游认识一个女的，还是北京的，然后我带她升级给她买装备。最后我约她找个时间出来吃饭。结果竟然是个男的，坑死我了，但我也不亏，最后还是把他上了！

回复：老娘上个月网游认识个男的，还是北京的，然后他带我升级买装备。最后他约我吃饭。我本来想考察考察，就叫男闺蜜去帮我赴约，结果男闺蜜联系不上了。

现在的年轻人

网上买了个内存卡，比较贵。当时店主承诺过说会送小礼品，比较期待，结果收到后就一个内存卡，什么都没有。当时我就怒了，换上内存卡准备开机投诉。结果视频扫描出5个G的岛国片，顿时泪流满面，这真是良心卖家啊！二话不说，好评！

回复：现在的年轻人啊！给5个G的片子就把买二手内存卡的事实给遗忘了！

摇钱树

我们这儿买新车有放鞭炮送出门的习惯，一同事新提一马六，出4S店就一头撞树上了。华丽丽地倒回去修，店里欢送他的炮还没放完呢。

回复：4S店老板说我早说过，这棵树就是摇钱树，不能砍，你们的年终奖就靠它了！

还是太年轻

今天去幼儿园接儿子，看见儿子胳膊上好多抓痕，赶紧问他怎么了，儿子称被同班的女同学欺负了。

我大笑："你被女孩欺负，丢不丢人？"儿子淡定地说："好男不跟女斗，等长大了把她娶回家，看我不弄死她！"

回复：小屁孩，话不要说太早，你一直喊爸爸的那个人就知道，长大了娶回家也是她弄死你。

中国高铁世界第一

中国高铁连接了全国100多个城市，总里程达到10000英里左右，超过世界其他国家和地区高铁里程的总和。一位微博用户写道："中国高铁，世界第一。”

回复：中国高铁是世界第一，但老百姓还是坐不起。

你才是赢家

我刚分手两个月。之前和前年认识的前女友相恋了一年半，期间各种磕磕碰碰的，也算是经历了风雨吧。可是今年三月份一次小吵后，我彻底不淡定了。那天下午我们出去吃东西，期间遇到一男子，我女朋友跟他打招呼，我当时也没怎么在意，毕竟我们都是快结婚了的人了。到晚上她就魂不守舍地一直聊微信打电话，当时我们在吃饭，我就讲：“吃饭就好好吃别这样。”她当时就快速地吃完饭，然后跟我讲她晚上要陪她朋友去唱歌什么的，我也没怎么在意，说：“你晚上记得早点回来了啊！别玩太晚了。”可是第二天她到早上9点多才回来，班也没上直接请假了。我问她怎么了，她死活不说，可是后来一个陌生的QQ联系了我，给我发来了我女朋友的裸照，我当时就蒙了。什么情况？我回想起照片里床边的衣服不正是那天晚上她穿出去陪朋友唱歌的衣服吗？

以下是我跟她前男友的记录。

我：“你谁啊？你想干什么？”

她前男友：“我想告诉你，金某某是我的就是我的，你怎么也抢不走。”

我：“你是谁？我们都要结婚了？你这样做不道德，你知道吗？”

她前男友：“我是她初恋我在她心中的地位可比你高太多了，你知道吗？反正你跟她结不结婚不关我事。她是我情人就算你们结了婚，我也能天天约她。”

我：“你再说一遍试试，信不信我弄死你。”

她前男友：“反正我烂人一个，我手里有她的照片，你能把我怎么样？”

我：“行，你等着。”

当时我就不想跟他讲什么了，就打电话逼问了我女朋友他家的地址，再后来我叫上我的朋友去他家揍了他一顿，并放下狠话，然而当我女朋友得知我这么做的时候，她居然大声呵斥我为什么要这么做?她……她……居然还帮他讲话，我气得不行就反手挥了她一巴掌，她愤怒地对我说我们分手吧!

后来我得知他每次有事情都是打电话找我女朋友联系，我真的是无语了。到底女人心里怎么想的，都分手了为什么还联系还帮他排忧解难，现在她找我复合，说她会彻底改变，不再跟他联系。

这段感情我该怎么处理呢?

1楼：只想说楼主你智商何在啊?【你现在有他女朋友的裸照了…还是他发给你的…】

2楼：楼上你就是一哲学家。

我是你的过客，你是我的定格！

女友道歉

某男跟女朋友吵架，打电话准备道歉的时候电话响了很久才接通。

女："对不起。"

男：（异常激动但故作镇定）"你终于知道错了。"

女："您拨打的电话正在通话中。"

男："……"

黄书

有次在朋友电脑上无意间看见一个黄色电子书，于是就看了一下午，晚上朋友回来了，我问他："哪儿下的黄书真带劲。"他说了一句让我妒忌终生的话："别乱看，那是我日记。"

别站起来

今天坐公交人挺多的，某个站后我挨着站的地方有人下车就腾出了个位置。刚坐下，后面一位老大爷颤颤巍巍地走过来，我看着就心想赶紧让座吧，刚站起来老大爷一把按住我说："姑娘你还是坐着吧！起来

人品爆发

了更占地方。”当时我就傻了。

发生了什么

高三的时候眼睛有点近视了，又不想戴眼镜，居然作了一个奇葩的决定：买一个望远镜！这样黑板上的字不仅能看清还能放大。当英语老师看见书山后拿着望远镜仿佛置身战壕里的我的时候，表情都震惊了，笑得直不起腰来。同学们都觉得莫名其妙，老师指了指我那个方向，我赶紧放下望远镜假装无辜地看着同桌。同桌老范环顾四周同学热烈的目光，一脸惊恐不知什么情况。哈哈，好心疼他。

换个解气

小时候我太调皮，每次闯祸后我爸都会叫我自己去把鸡毛掸子拿给他，然后开始猛揍我。

有一次我在家居然当着他的面把他最心爱的花瓶碰摔了。我知道完了，吓得我拿起鸡毛掸子举过头，“扑通”一声跪到他面前，在他拿去鸡毛掸子的那瞬间，我全身肉都绷紧了，等着挨揍。

谁知他破天荒的没动手，而是看了我好久，叹了口气，然后把鸡毛掸子放到一边，把我拉站起来摸摸我的头说：“儿呀！不要怕，听话，快到杂物房把放羊的皮鞭拿来。”

和我们走一趟

高中网吧通宵，警察突击检查，看别人都报的假名字，于是想用此计蒙混过关。

到我同学那没等报名字，警察叔叔直接问道：“你是张某某？”

同学迷茫地点了点头。

“和我们走一趟。”

但这不是高潮，同学帅气回道：“又是我爸让你们来逮我的吧，看来这地儿以后也不能来了。”（其父公安局领导）

从那以后只要上网就坚决不和该同学一起！小心脏受不了啊……

奖励措施

上小学三年级时候，有一次我两门功课都考了满分，班主任为了励志其他同学向我学习，居然自己掏腰包奖励给我十块大洋，说让我买零食吃，还说以后只要哪个同学满分都有奖励。

天啊！十块大洋呀！在那时口袋里只要有五毛钱就是大爷的年代，把我乐死了。谁知吃晚饭的时候，我妈跟我说："把你在学校得到的奖金十块钱交出来给我，小孩子身上不要放那么多钱，我拿两毛钱给你，快把那十块钱给我。"

我哭了起来，很不甘心地把十块钱给了她，接过来那两毛钱，我真不想告诉你们，我的班主任就是我的亲妈呀！亲妈呀！！

饿死的

嫂子是大神经的那种。家里买了房子，刚装修完便想住进去，又怕甲醛超标对人体不好，便自作聪明地买了一只白鼠放进去。过了一周后回去一看，白鼠死了。便回家告诉了我哥，说甲醛危害也太大了！我哥听完没好脾气地说："没脑子的女人危害更大！那白鼠是活生生饿死的。"

老婆去哪了

我是一名化妆师，在影楼上班。大家都知道10月1日结婚的人很多，化妆的新娘子也多。化妆的人都是排着队来，然后化好妆的新娘就在休息区等着新郎来接。一帅气的新郎官走过来，一脸迷茫，欲言又止，我们的接待员问帅哥，为什么不接新娘走呢？帅哥新郎涨红脸小声嘀咕，我不知道哪个是我老婆。笑翻全场啊！

盲人按摩

今天我一女同事一上班情绪就非常低落，好奇就去问了为什么。

我："看你情绪低落啊，出啥事了？"

她："我昨天去了盲人按摩店做了个全身按摩，脱光光的那种。"

我："那怎么了？做完按摩不是应该很轻松吗？"

她："是啊，刚开始是很轻松，可我交完钱出门的时候回头看了一眼。"

我："什么意思？"

她："我看见那个给我按摩的男盲人技师在玩手机。"

开车压力大

刚拿到驾照，开车上路特别紧张。

老婆坐在副驾驶座比我还紧张："慢点慢点，踩刹车！这辆车好贵的，咱撞不起！"

"你慢点靠边，让他先过，这辆车更贵！"

"小心那些电动车，他们突然变道你就死翘翘了！"

"离那个老太太远点！她比豪车都贵！！！"

唉，心理压力更大了好吗，以后还怎么开车？

洗衣液

刚才洗完袜子和内裤，去了躺厕所，回来时看到舍友正在拿着我的内裤一直嗅！我很害怕。

就在这时，这货来了句："又用我洗衣液！！！"

您拨打的用户已关机

买了个6S出去玩被偷了，后打那电话居然通了。

我一通解释让对方还手机，对方问我怎么证明手机是我的，我想了想说："密码是6868。"

然后电话挂了，再打，"您拨打的用户已关机！"

我赢了

我跟女友打赌，谁要是先理对方，谁就输了。

于是1天，10天，100天，1年过去了。

今天在朋友圈发现她晒孩子满月的照片。

看来最后还是我赢了。

看你服不服

一天我在网吧上网。边上一哥们儿把鞋脱了，味挺大的。

我说："哥，你把鞋穿上吧？"

那哥们儿鄙视了我一眼说："管得着嘛！有本事你也脱啊？"

我默默地脱了自己的鞋，十分钟过去了。

那哥们儿说："哥，我错了，我穿上，你也穿上吧。"

你能吗？我能

厕所有个水龙头漏电，本来贴了一张纸："带电，禁止触摸！"

我拿验电笔一试，果然带电。

回到办公室，打印了一张："你能尿到这里么？我能！"

从下午开始听见惨叫，第二天惨叫依旧。

真虾

今天惹祸了，办公室的鱼缸里养了几只透明的小虾。领导戴着眼镜看了半天，问我养的是什么。我说："虾啊！"领导一愣，走了。我也愣了，赶紧大声地解释："虾啊领导！领导虾啊！领导真是虾！！是真虾啊！！！"

工伤

新来一哥们儿，长得很帅气，到公司才工作两个月就被提拔到总经理助理。

昨天他做痔疮手术，我们去看他。

说起工作，公司还给了他两个月的病假，而且医药费全部报销。

我们都羡慕不已，然后无意间看到了他的报销单写的是：工伤。

护食心切

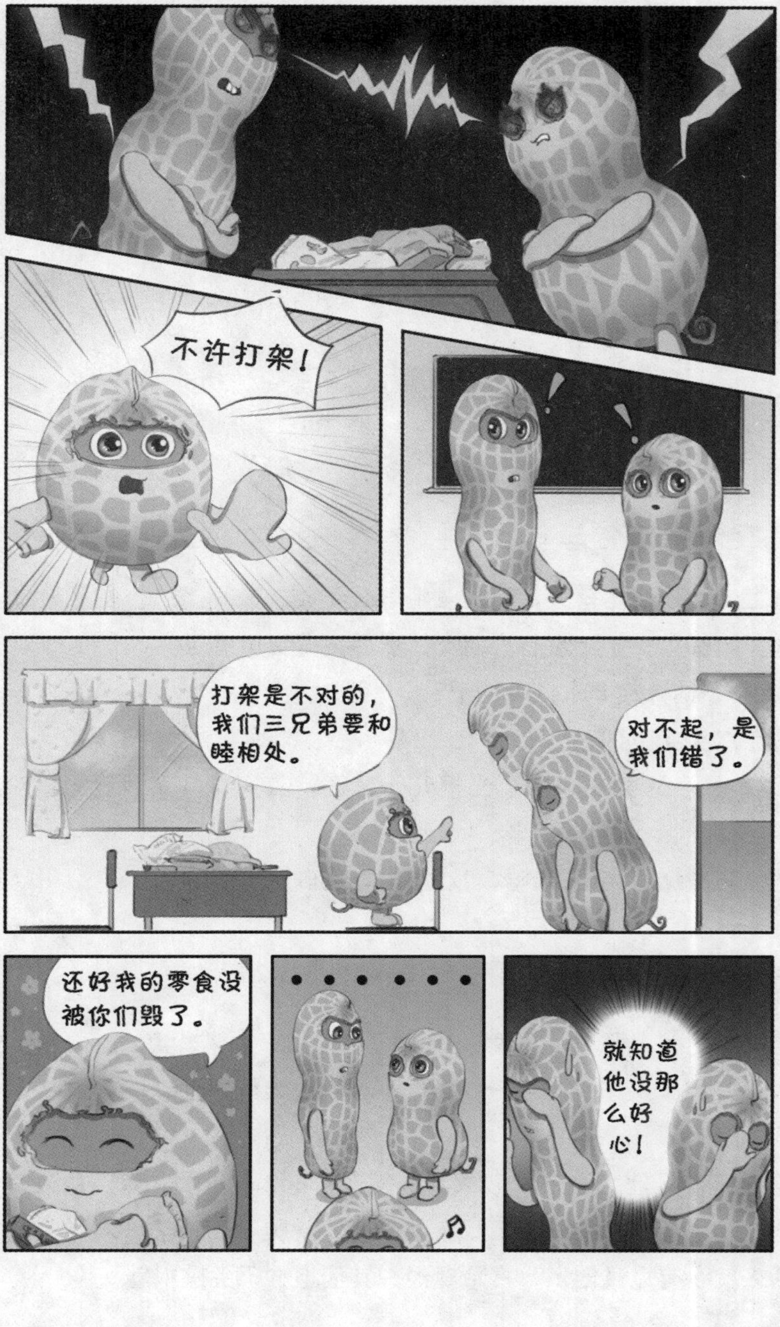

和说好的剧情不一样

其实我喜欢你三年了

班上一女孩在角落哭，我安慰她怎么了。

她说她都大三了还没有男朋友，然后哭得更厉害了。

我说："估计你要求挺高的吧？"

她点点头："可能吧。"

我说："要求太高，小心光棍儿一辈子，其实，其实我已经喜欢你三年了。你看，我……"

她立马破涕为笑："哈哈，我觉得单身挺好的！"

献爱心

路上看到有人要饭，写着："太饿了，求几元钱吃个包子。"

我心好跑去买了5个包子和水给他。旁边大妈叫他快吃，吃了两个就跑了。

第二天看见他又在那，我果断又买了5个包子和水。旁边的人又叫他快吃，吃了两个实在吃不下了，收起东西就跑了。

后来就没有见过他了，真希望他在其他地方不会被饿着。

姑娘真耿直

宾馆服务员小王是个很机灵的小伙子。一天，他无意间推门进了一间客房，正好看见一个女房客在洗澡。

为避免尴尬，他灵机一动，说：“对不起，先生，我走错了房间。”

怎料女房客不依不饶地大叫：“你眼瞎了？再仔细看看，我房间哪有先生，想坏我的名声是不是？”

天使和恶魔

学渣在考场上被一道选择题难住了，苦思良久。

突然右耳边冒出一个魔鬼，说道：“这道题选A。”

学渣正在犹豫，突然左耳边冒出一个天使说道：“这道题选C。”

学渣考虑良久，想着天使一定是善良的，终于决定听天使的，选择了C。

出了考场，天使问魔鬼：“你为什么给他正确答案啊，不知道这是作弊吗？”

愚公移山

愚公：“我要移山！！”

智叟：“移山？你能移完吗？”

愚公：“我移不完，我还有儿子移，我儿子移不完还有孙子移，子子孙孙无穷匮也。而山不加增，何苦而不平。”

智叟：“你有女朋友吗？”

愚公：“算了，不挖了！”

侮辱我吧

早上一男同事和一女同事吵起来了。

男的一直被女的骂，愤怒地回了句："别侮辱我的灵魂，有能耐侮辱我的肉体！"

场面马上被镇住了。

谁料女同事默默走到他面前："呸……"

幸灾乐祸

昨天晚自习，一女生手机被没收，我幸灾乐祸。

立马上QQ跟她说了句："活该。"并附上笑脸一枚。

两分钟后，老师过来把我手机拿走了。

P图的发达

第一次和女网友见面，吃饭的时候我故意灌她酒。

看她喝得不省人事的时候，我马上订好了房间。

确定她睡了以后，我邪魅一笑，连夜坐火车逃回了老家。

现在P图技术都这么发达了？

巧对诈骗

一个在银行工作的朋友收到了一条诈骗短信："把钱汇到指定账号上，否则……"

这哥们儿真听话，按照对方的账号真给汇钱了。每次1分钱，但是对方账户就会扣掉2元。

大概汇出了不到1元钱的样子吧，对方的短信来了："求求你别再汇了，已经扣掉200了！你是内行吧，让我怎么活啊！"

现在有两个

老王种的西瓜总是被人偷走，他想出一个办法，他写了一张告示："警告！这些西瓜里有一个是有毒的！"果然从第二天开始，就没有丢过一个西瓜。不过一星期后，他看到告示上添了一行字，当场全身凉了半截！告示上写着："现在有两个了。"

跑起来更厉害

初中的时候，我有一次放学回家，被几个校外的小混混堵在一个小巷子里，他们说我走路的样子太嚣张了。我说："那是你们没有见过我跑的样子有多厉害。"其中一个说："你跑个给我们看看。"然后我就头也不回地跑了。

被摸了

公交车上，忽然感到屁股上被谁摸了一下，回头一看，两个漂亮小姑娘。

其中一个见我回头，冲我甜甜一笑，我也报以微笑，心里简直美滋滋的。

只听另一姑娘说："妹妹，你能不能改掉随处擦鼻屎的坏习惯？"

糟蹋粮食

同事说他上幼儿园的儿子吃饭经常剩下。同事教育他儿子说："农民伯伯辛辛苦苦种的粮食和蔬菜，你剩下来，对得起农民伯伯吗？"结果他儿子小手一挥说："农民伯伯辛辛苦苦种的粮食和蔬菜，你为什么做得那么难吃！"同事现在在反省中……

被你说中了

记得我当年高考查到分数后的第一件事不是告诉父母，而是飞快地跑去学校找到班主任，指着她对她说："呵呵，你不是说以我的智商我是不可能考上大学的吗？"

看到她一脸尴尬，我气愤地说："还真被你这个乌鸦嘴说中了。"

数字飙升

人这一生，贵在追求和坚持。我一路打拼下来，看着自己手里的20万变成500万，再从500万变成1000多万。我想要告诉大家的是："手机像素越高，拍出来的照片越清晰。"

我不是城管

早上上班路上，突然听到一声"不要跑，我是警察！"，转过头一看，一个穿着制服的大哥正在追一个推着摊子的小贩。我想这是发生什么事了啊，只听这个穿制服的大哥接着喊："我是警察，不是城管，我就是想吃个肉夹馍。"

精诚所至金石为开

交往了三年的女朋友，今天突然告诉我她家里人不同意我们继续交往。但我是一个永不言弃的人，我坚信精诚所至金石为开。今天我特意陪她去给她家人做思想工作，事实证明有些事儿是勉强不来的。比如她老公不但不同意，还要打我！！

不会开车

今天在路口被一辆车追尾，我下车就对驾驶员吼："你会不会开车啊！"只见他很坦然地看着我："不会啊。"我看着坐在他旁边的教练和后面挤成一堆的学员，一口气差点没上来。

寝室老大

"大学时，我是我寝室老大。"

"真的假的？他们都听你的？"

"必须听，说什么做什么。"

"不可能吧？"

“不可能？他们敢不听我的，我动动脚趾头就能弄死他们。”

“秘诀是什么。”

“路由器和插座都在我边上，他们敢不听话！”

这钱不能花

我在出租车上捡了两万块钱，想据为己有。回去之后跟我爸说了这事儿，他正义凛然地教育了我半天，最后说：“你好好想想，这钱你能花吗？”我看情况不妙回答：“这钱我不能花。”我爸脱口而出：“好，那我马上把它存起来。”

我挥一挥衣袖，告别这些白痴

求女孩的心理阴影面积

丑女孩喜欢一帅男孩，遂问："你愿意做我男朋友么？"

"不愿意！"

女孩很伤心，觉得自己白送都没人要了，转身要走。

男孩："站住！你还没问我愿不愿意做你老公呢！"

女孩破涕为笑："那你愿不愿意做我老公啊？"

"不愿意！"

开玩笑

我跟同事开玩笑，把他的自行车藏起来了。

下班后，他找不到车，在那着急上火，我在边上偷笑。过了一会儿我着急了，因为车真丢了！

励志减肥

舍友建议我："你买个最贵最小码的裤子，挂在床头，激励自己，让它成为你的动力。"然后我脑子一热花了五百多买了条裤子，可过了

低着头

哎。
早呀，
二逗。
哎。
怎么了？
这么忧郁。
今天和一个美女擦肩而过了。
这不是挺开心的事？
美女漂亮不？
啧
当时她是低着头看着我过去的。低！着！头！
别说了，你是不会明白的！
？

好久我始终减不下来。现在舍友建议我半价转手给他，这是下了一盘多大的棋啊！

我的内心是崩溃的

寝室在六楼，爬上来后发现钥匙未带，下楼问阿姨拿，再爬上来开门，下去还钥匙，再爬上来，发现门紧闭。隔壁一同学经过，说："看你寝室门没关，我就帮你关了。"

这都剧透

有一次我去漫吧租了本金田一，刚看到第二页就泪流满面。不知哪个天杀的居然用蓝色圆珠笔在某个人物上画了一个圈，写上："这个就是凶手！！"

听歌

平时下班都坐公交回家，某天着急回家便去打车。

上车后司机很热情地问："听歌吗？"

我说："听！"

然后司机给我唱了一路。

这就是你的下场

一个新手去收高利贷，他把借条拿出来，笑着说："白纸黑字明明白白地写着你欠我100万！难道你想赖账？"

我表示确实没有那么多钱，他威胁道："哼哼！别怪我没提醒你！明天再交不出钱，你的房子就像它一样。"他掏出打火机就把借条烧了。

有没有女人

上学的时候，有一天A君在宿舍准备换裤子，刚抽掉裤带，不料进来几个女生。没办法，他只好提着裤子来到隔壁宿舍。刚解开扣子正要脱时，不料又进来几个女生，没办法，只好提着裤子来到下一个宿舍门口。因为他双手提着裤子，又很着急，只好一脚踹开宿舍门，同时大喊："里面有没有女人？有没有女人？"只见屋里坐着一大堆女生，恐怖地望着他……

死都不要

一女子奇丑，嫁不出去，希望被拐卖。终于梦想成真，却半月卖不出去。绑匪将其送回，她坚决不下车，绑匪咬牙一跺脚："走，这车咱不要了！"

真羡慕

一兄弟得便秘，在厕所里久久不能如便。正在他极其努力的时候，听到一哥们儿风一样地冲进厕所，进了他旁边的位置，刚进去就传来一阵狂风暴雨，那兄弟羡慕地对那哥们儿说："哥们儿，好羡慕你呀。"那哥们儿说："羡慕什么，裤子还没脱呢！"

没有署名

老总上班后，坐在那里郁闷，秘书问何故。老总："昨天我收到一个家伙的信，说如果我不离开他老婆，他就杀了我！"秘书："您离开他老婆不就行了嘛！"老总："可那家伙没有署名！"

跟我没关系

几个人在高尔夫更衣室，一个手机响很久，其中一个男人按下了免提键。

女："亲爱的你在俱乐部吗？" 男："在。"

女："我看到一辆宝马，才不到两百万。" 男人："买。"

女："还有那个楼盘又放盘了，六万一平。" 男："买。"

女："好爱你。" 男："也爱你。"

旁边的男人们敬佩得目瞪口呆。

男人挂了电话，问："这是谁的手机？"

虚心求学

劝了两年的闺蜜终于肯考驾照了。令我不解的是，她放着那么多口碑好的驾校不去，而是选择了附近出名的"骂人驾校"（附近人都知道这驾校里教练特爱骂人）。

今天闺蜜来找我玩，我就问她了："为啥去'骂人驾校'啊？就你这暴脾气还不得跟教练一天三吵啊？"

闺密叹了口气回答道："唉，前两天跟人在街上吵架了，我竟然说不过那个贱人，太丢脸了！活到老学到老，是时候去驾校跟'骂人教练'学习一下了！"

真人朋友圈

刚才有人敲门，开门一看，是闺蜜家的熊孩子提着螃蟹来造访，看着他在门外站着冷得直抖身子，我赶紧招呼他进来坐。那孩子说："不坐了，不坐了，我妈手机坏了，她发不了朋友圈……她就是让我过来说一声，让你们看看今晚我们吃什么。不说了，还有好几家要去呢，我先走了。"

用生命实验

我有个奇葩同学，想验证一下"灯泡放到嘴里后就拿不出来"的实验。于是他想了一个自以为很保险的办法，用塑料袋套住灯泡放进去，卡住以后直接敲碎灯泡，这样玻璃渣子也不会掉进嘴里。于是我现在陪一个嘴里叼着大润发的袋子的脑残在去医院的路上……

晚期

鼻子难受了好几天，我去看医生，检查完毕，医生头也不抬地来了句："鼻炎晚期！"我一听脸都绿了："晚期？那怎么办？！"医生抬头来了句："晚期的意思就是快好了，不用花钱来医院治了。"

坑爹啊！"晚期"这词是能随便用的吗？

瞬间石化

在网吧里头CF玩得飞起，各种闪狙、盲狙、甩狙秀得嗨起。旁边站了一群小学生，看了老半天，结果其中一个说道："看他这手速估计没女朋友。"听得我整个人瞬间石化。

智能手机

去医院，坐长凳上排队等候，突然很想放屁，但是人多不太好意思。于是拿出手机打开汤姆猫，声音调最大，然后点了放屁。就在我暗自庆幸没人发现的时候。后面一哥们儿回头看着我说："兄弟你用的是什么牌子的智能手机，手机里放屁，我都能闻到臭味。"我："……"

摩斯电码

大学两个哥们儿为了考试作弊，苦学摩斯电码，终于小有所成。于是等到考试那天，他俩在考场用笔敲桌面互相交流，交流如下。

"第一题会吗？"

"不会，你会吗？"

"我也不会，第二题会吗？"

"不会，你会吗？"

"我也不会。"

学英语

听到一个老外在地铁里边打电话边哭得稀里哗啦："你根本就不爱我！你跟我在一起只是为了学英语！"

您拨打的电话是空号

刚刚送外卖到一小区楼下，没门禁卡上不去。我就给顾客打电话，结果提示是您拨打的电话是空号，再打一遍还是空号，我孤零零地站在楼下有种被抛弃的感觉。几分钟后电话响了，是顾客打来的，我问他号码怎么成空号了，他说那是他彩铃！是、彩、铃！！！

听力正常

之前做腹部B超时，医生小声跟旁边的助手嘟囔了一句："这是肝癌吧？"我"嗷"的一声就坐起来了："肝癌？！"医生没理我，在体检单上写下了四个字：听力正常。

好哥们儿

什么是好哥们儿？就是你心仪的女孩，拿瓶饮料让你哥们儿帮她拧开。你哥们儿假装拧不动，于是把这个表现的机会让给你，你接过来信手一拧，没拧开。原来是哥们儿故意拧死，好让你出丑。

实力垫底

胜利
胜利
吓死我了，你竟然在看书学习！！受什么刺激了？
你虽然每次都考第一名，却没什么卵用，我这次可是有个伟大的计划！
什么计划？
我会用实力告诉你，我们年级一共有多少人！

没人牵手，我就揣兜

后空翻

男孩在酒吧看到一位漂亮姑娘，很想上去搭讪却又不敢，于是他灵机一动，写下一张纸条递给女孩，上面写着：“如果你喜欢我请微笑，不喜欢我请后空翻。”女孩看了看纸条，笑了笑，站起来一拍桌子就是一个后空翻。

男朋友

去照相馆洗我男友的照片，老板问：“这是你男朋友啊？”我特开心地点点头，然后老板说：“那你可要小心了，上次有个小姑娘在这里洗照片也说这是他男朋友。”

搭讪绝招

今天想出一个在图书馆找座位的绝招：

一、寻找一个有妹子的座位。

二、递上事先准备好的纸条，上书：“同学，我喜欢你很久了，希望和你交往！”

三、如果妹子马上收书包走人，那么，恭喜，有座位了；如果妹子对你一笑，那么恭喜，还上什么自习啊！

当然，你也很有可能会被她旁边的男友暴打一顿。

想泡我啊

一姑娘吃方便面甩调料包，手滑甩到旁边一男的脸上，那男的阴沉道：“姑娘你这是想泡我啊！”

后来

攒了俩月工资把女友的诺基亚换成安卓手机，下载各种软件耐心地教她。尤其是拍照软件，后来女友用得十分顺手，拍出来的照片各种好看。然后就发到空间给别人看，她觉得她就像照片上那么迷人。再后来，她就看不上我了……

喜欢就试试

去买衣服，发现导购妹子很漂亮，于是一边看妹子一边看衣服。妹子突然说了声：“喜欢就试试啊！”我一愣，马上回了句：“美女几点下班啊！”然后妹子脸红了。我说错话了吗?

熟人啊！

一日跟女朋友约会。趁着等女朋友的空隙，我在桥底下买了张光盘，跟那中年男子砍价，成交后揣在大衣兜里。晚上去女朋友家吃饭，初次见未来的岳父母，一直不敢抬头。女朋友调笑道：“怎么啦？平时也没见你这么腼腆啊！”我小声嘟囔：“我也没想到你爸爸是卖光盘的啊！”

有女友吗？

老爸："在学校谈女朋友了吗？"儿子："没有。"老爸："电脑怎么没带回来？"儿子："放学校了。"老爸："该不是让你女朋友在玩吧！"儿子："没，她自己有。"

不要脸

高三那年晚自习，我和同桌无聊，相约将自己喜欢的人的姓名写在纸上递给对方。递完后我和他打开纸团，上面赫然写着的是我和他各自的姓名，我们望着对方，久久都没有说话。谁能想到，我俩都这么不要脸写下了自己的名字呢？

说真话

屌丝对一位自恋的女孩说："你好漂亮啊！"

"谢谢，一眼看见你就觉得你特别爱说真话。"女孩腼腆地说。

"那允许我再说一句真话吗？"

女孩笑着点头。

"我刚刚是说笑的。"

送狗

男："你喜欢狗吗？"

女："喜欢啊！"

男："我家有条狗，爸妈不想要了，我想把它送给你！"

女："噢，好啊！什么品种？"

男："单身狗，上过大学那种！"

秀恩爱死得快

他说："有次演习，整整一天一夜蚂蚱蚊子昆虫乱咬乱爬，毒蛇吐着信子从面前爬过。为了狙击任务，我和观察手俩人依然纹丝不动。后来两匹狼的出现却导致任务失败！”

我惊恐：“狼攻击你们了？”

他：“不，狼在我们面前干起了没羞没臊的勾当，忍无可忍我开了两枪！”

我：“呃！你看不惯狼秀恩爱？”

他缓缓地说：“不是，我发现有人摸我。”

同姓不可以谈恋爱

两个小男孩的对话，其中一个男孩说：“我们先恋爱，长大后你就嫁给我吧！可以吗？”

另一个：“你姓什么？”

“张啊，怎么了？”

“没事！我姓韩！我妈妈说了，同姓是不可以在一起的，我们不同姓就可以。”

“哦！”两人牵着手跑远了。

上帝会原谅我的，因为那是他的职业

气场很重要

一兄弟上厕所，结果误入女厕，进去之后发现没有小便池，感觉不对，幸好厕所内没有人。他便若无其事地走出来。正在开门的时候，遇到一小姑娘进来，那小姑娘和他打一照面，脸一红，头一低，转身钻进男厕去了……

谁怕谁

一只小狗爬上我的餐桌，向一只烧鸡爬去，我大怒道："你敢对那只烧鸡怎样，我就敢对你怎样！"结果小狗舔了一下鸡屁股，我当场昏倒。小狗乐道："小样，看谁狠。"

大姨妈来了

昨天晚上，洗完澡，我妈要我喝冷水，我说不能喝，我大姨妈来了。我妈问我什么时候来的，我说中午。我妈问："你大姨妈来了我怎么不知道。""我大姨妈来了你怎么会知道。""那她来干什么了？"我："……"然而我爸早已笑得不成样子……

无法反驳

汪汪汪——
诶诶，你别……
唉，狗为什么要吃屎？难道它知道我们的花生酱很好吃？
不对！
狗的鼻子是很灵敏的，但味觉很差。
那究竟是因为什么。
你傻啊，屎的臭味那么大，与其闻着难受，还不如吃了。

大门开了

下班的时候去储物柜拿包包，正好遇到我们经理也拿了包包迎面走来，我一看他柜子门忘记关了，就叫他："老大，你的门忘记关了。"他意味深长地看了我一眼，然后低头看向了自己的裤裆。

接到骗子电话就应该这么回

刚刚接了个骗子电话，他让我猜猜他是谁。

我说："你是王大力吧？怎么想到打电话给我啊。"

他回答："是啊是啊！"

然后我淡定地说："这么巧，我也是王大力……"

拿钱赎人

绑匪："小子，我把你班主任绑架了。你快拿钱来赎她吧！"

班长："呵呵！你开玩笑吧？我会拿钱赎她？"

绑匪："少废话，你不拿钱来我们就把她放了。"

班长："别别别，你要多少？"

难道我又生病了

某天体育课，数学老师走进教室说你们体育老师病了，这节课上数学。全班正心中无限吐槽的时候，体育老师吊儿郎当的声音响起："3班3班，3班全班阵亡了啊？"随后就见他潇洒地推开我们班教室门，抬头看见数学老师，愣了一秒，弱弱地说了句："难道……我……又病了？"永远也忘不了数学老师当时的表情。

视频还有假

刚才朋友在QQ上跟我借钱，他说："我最近手头有点紧，借我两百块钱用一下。"我回："你号被盗了吧？"他说："你是不是有病，我现在跟你视频呢。”

麦当劳出新品了

有个朋友家住11楼，那里电梯停电好久了，朋友周末懒得下楼，就连叫了两天肯德基外卖，都是同一人送的。第二天刚打开门，外卖小哥喘着粗气跟她说：“姐，明天别点肯德基了吧，麦当劳出新品了，你可以尝尝……”

抓小偷

今天在公交车上，看到一扒手正要对一名妇女的包下手。但扒手长相凶恶，为了保护自己，我就破口大骂：“哪个畜生把我的钱包偷了！”车上所有人都下意识地摸自己的钱包。那名妇女也因此发现了扒手，将其当场抓获，我简直为自己的机智感到骄傲。

如此偷包

公交车上突然听到有人大骂自己的钱包被偷了，吓得我立马掏出口袋里的钱包看看，幸好钱包都在。可在我即将把钱包放回口袋时一个美女没站稳扑倒在怀里，在我满心欢喜地目送美女下车后，才终于意识到自己的钱包被偷了，贼喊捉贼是为了确定我的钱包放在哪里。

只缘身在此车中

头一天开出租车，比较忐忑。开车上路，我就纳闷了，为什么老有人向我招手，我又不认识他们，真是奇了怪了。转了半小时后猛然醒悟，我开的是出租车！！

拍照取证

旅游的时候看到一个小姑娘在给妈妈拍照，我没有在意。突然那小姑娘“哇”的一声哭了，跑向她的妈妈，妈妈不解，问道：“宝贝，怎么哭了？”我好奇地看着她们，只见小姑娘指着我说：“妈妈，那个叔叔长得好丑。”顿时我就怒了，关键她后面还补了一句：“我要把他拍下来，让警察叔叔抓他……”

买根冰棍儿告诉你

哥们儿办公室有Wi-Fi，我们经常去蹭网。后来有一天哥们儿把密码改了。我们再去蹭网的时候问密码。哥们儿头也不抬地说：“买根冰棍儿告诉你。”好吧！我们都去给他买冰棍来贿赂他。这家伙一边吃着冰棍一边说：“密码就是‘买根冰棍儿告诉你’，已经跟你说了，还这么破费，真是的。”

拆二代

有个村子很穷，年轻人都很难娶到媳妇。

一小伙子也带相中的女孩回家认门，还是因为买不起房子，没修成正果。

小伙子总结了前面的经验教训，他买了一大桶红油漆，从村头到村尾，能看见的墙就刷上一个大大的“拆”字。

后来他就结婚了。

再后来，村里的小伙们也都陆续地娶上了漂亮媳妇。

放个屁就走

今天去会议室开个部门的小会议，我到的时候，人已经来得七七八八了。

坐下后，我发现少拿了一份材料，就起身要回办公室去拿。

这时不知怎么的，一下子没忍住，蹦出一个响屁。

走出会议室的时候，我听到领导在里面说：“这家伙，进来放个屁就走了。”

自动回复

一哥们儿微信问我在没，最近怎么样。我手贱回了个“还行，就这样”。

谁知哥们儿问借钱，只好接着回“还行，就这样”，就这样连续几次装成自动回复。

结果哥们儿来了一句：“你没钱就直说，我能理解你，微信没有自动回复你知不知道！”

中国功夫

外国人问我：“中国的80后90后还会功夫这种事吗？”

我说：“那当然，内力、暗器什么的不提，功夫里面最深的一门叫点穴，我们都会。”

老外表示怀疑，于是我立马练了几手给他看。

“揉天阴穴，挤按睛明穴，揉四白穴，最后还来个大招：按太阳穴轮刮眼眶！”

你做的

“你这指甲做得好漂亮，都没见过这种颜色。”

“红里透着黑，黑里夹着紫，紫里又有点蓝，在哪家美甲店做的？”

“你刚才关门夹的！！！”

你这智商我信得过

不够钱付车费，好在附近有提款机，跟司机说我去取，他说去呗。我说不怕我跑了吗？他乐了，你倒是跑得比我这车快啊。我说万一我躲起来呢，你该提出扣押手机什么的。师傅说那我要带着手机跑了呢？我说我拍过车牌了。师傅说那有什么用！你手机不在我这吗！我说对哦！

师傅说小伙子赶紧的吧，你这智商我信得过。

我放心地去取钱了，但想了想觉得司机的话好像不是在夸我。

缺点

经理："看了你的简历，不错，你被本公司录用了！"

我："谢谢经理！"

经理："你的优点很多，说说你还有哪些缺点吧！我想对你多了解一些，好分配工作！"

我："我的缺点就是诚实！"

经理："诚实？这不算缺点！"

我："真的吗？死胖子！"

本来就是你放的

睡自己的觉，让别人上课去！

偷懒

我有个小学教师老婆。昨晚熬夜改作业说太累了，明儿个都不想上课了，就让他们考试吧！考一节，讲一节，多轻松。我突然愤愤道：“原来上学时憎恶的考试都是你们用来偷懒的呀？！”

举手

今天上公开课，老师作弊，不是需要举手回答嘛，老师说全班全部举手，不过会的举右手，不会的举左手。一节课下来，我的左手好酸。

考牛津

一天，某三流大学的校长在学校后门转悠，突然听到一个铿锵有力的声音说：“我要考牛津！”

校长顿时被感动了，心想，在这个堕落的校园里竟然还有如此有上进心的学生。

正想转身寻找声音的来源，那声音再次响起：“老板，再来两串烤羊肉，串一串金针菇……”

质量守恒

学生问老师："为什么寒暑假时间不一样长？"

老师："因为热胀冷缩。"

学生又问："为什么寒暑假作业却一样多？"

老师："热胀冷缩不会改变质量！"

老师我不约

老爸是小学老师，从三年级开始教我们班，一直到毕业，你们理解那种痛苦么？上初中了，觉得日子会好过点，结果我爸送我去学校时，悲哀地发现初中的老师他都认识，最让我受不了的是班主任竟然还是他同学！我终于以优秀的成绩上了高中，班主任还是个年轻老师，这下终于解放了，高兴之余也松了一口气！直到班主任见到我爸打招呼喊了声："老师！"我没有忍住地哭了……

终于明白了

数学考试18分，数学老师在讲台上训我。

激动处，老师伸出两根手指，说："XXX我送你三个字，无可救药！！！"

好吧！我终于知道我数学为啥那么差了。

先后顺序

小美在作文簿里写上长大后的愿望："一、我希望能有一个可爱的孩子；二、我还希望能有一个爱我的丈夫。"结果，发现老师写了一句评语："请注意先后顺序。"

脸很重要

大学军训，正当大家神情严肃站军姿的时候，一群妹子穿得很拉风飘了过去，下面的人开始蠢蠢欲动。

不料被教官发现，于是对一同学大吼："寂寞你就去啊！"

那同学对答："没看到脸！"

教官不甘心继续对另一个同学大吼："去啊！多么靓的妹子。"

那同学面无表情地冷冷回答到："看见脸了。"

大哥给跪了

某男生宿舍卧谈会持续至凌晨三点，忽然想讨论一个问题："碰到一个漂亮姑娘，首先该说什么？"某君从梦中惊醒，说："甭说了，咱们睡吧！"

神补救

大学时，一次老师让填一份很重要的表格，而且声明每人一张，没有富余的，不能涂改。一哥们儿上来就填写，结果发现把民族"汉"填到性别栏内了，因为说了不让涂改，想了想，很自信地在"汉"后面加了个"子"字。

好彩头

某同学期末考试前夜。晚上他听见爸妈在讨论明早做什么早餐给他吃。他妈妈说："要不做油条和鸡蛋吧，一根油条两个鸡蛋就是一百分。"他爸爸略加沉默后说："他考那么多门，100分不够。要不给他吃方便面吧。吃那个'统一100'。"

你们来啊

小时候在学校最爱玩让男生来抓我们的游戏，然后跑到女厕所对他们说："来啊，你们来啊！"现在再想想，当年怎么跟个招嫖客的一样……

逃课上网

今天逃课去网吧玩游戏，刚推开网吧门就发现我爸爸站在里面。

对视两秒后，我举起手用力地打了一下我身边位置上的一个学生的头，说道："你在这里上网啊！老师叫我来抓你。"

那学生吓得推门就跑，我跟在后面也顺势跑了。

雕像没了

中午，班主任气势汹汹地来到班上，说："我们教室的一个雕塑丢了，大概是今天早上八点之前丢的。"随后一拍讲桌，"今早八点之前在的，都给我站起来！"过了一会儿，只有我、班长和几个战战兢兢的女生站了起来，然后班主任指着班长说："雕塑的事我不管了，你把坐着的全都记下来，按迟到处理。"老师，你这是多机智啊……

剩了半锅饭

我们十几个人吃饭，今天食堂阿姨对我说："你下次请假跟我说一下，我少做点饭，你看昨天少你一个人就剩了半锅饭。"

我："……"

人生如戏，我总NG

声东击西

刚吃完夜宵，打了个车回家，司机找了我一张50、一张20。

找钱的时候司机还提醒我："现在的50有很多假钞，一定要仔细检查。"

我觉得司机还挺热心，反复检查了几下发现没问题就下车了。

回家之后发现那张20是假的。

伤了心

昨晚交警在路上设卡查酒驾，一位20岁出头的女司机被拦下后问交警："受伤了用酒精消毒算不算酒驾？"

交警很肯定地告诉她说这不算酒驾，并表示关心，询问她伤到哪里了是否需要帮助。

不料女车主回答："伤了心。"

交警："停车，熄火，驾驶证……"

算我请你

吃剩饭

一男子胃疼去看病，医生问他的饮食习惯。

男子说："也没什么，就是平时我妈剩下的我吃，我老婆剩下的我吃，孩子剩下的我也吃。"

医生说："你买条狗吧。"

男子大惊："怎么？狗剩下的也我吃？"

重启一下就好了

昨晚去网吧上网，人爆满，终于找到一台机器，结果没鼠标。

我就高喊："网管。"

话没说完，网管就回我："你重启一下就好了！"

你倒是来重启一下给我看看？

还给你

今天在超市买完东西排队结账时，看见前面有个阿姨买了五十块两毛的东西，阿姨掏了五十，收银员问有没有两毛，阿姨从包里拿了块糖给收银员，收银员说我们不收这个，阿姨当时就有点火了："这是你们昨天找零钱时没两毛给我的，怎么现在不要了？"

被你喝了

炎炎夏日，看着满头大汗的快递员，我递给他一瓶德国啤酒，他一饮而尽，打了个响嗝，问我要寄什么东西。我说："被你喝掉了……"

偷果冻

一个小偷半夜溜进了一个戒备森严的地方，经过千辛万苦打开保险库之后，发现里面居然全都是果冻。又累又饿的小偷一怒之下吃掉所有果冻离开。第二天当地报纸新闻头条：《震惊！精子库疯狂被盗》。

你都给我吃了什么

“妈妈，我是怎么长大的呀？”乐乐看着自己小时候的照片好奇地问。妈妈一听，教育的机会来了，就说：“你是妈妈一把屎一把尿喂大的。”乐乐一听就哭了：“你怎么给我吃这个呀！”

为你改变

处对象不是看对方会为你做什么，而是看对方会为你而改变什么。

比如我正在追的女孩，已经为我改了三个手机号了……

信号

我和老婆冷战，这几天两人分房而睡。

晚上，我躺床上玩手机，Wi-Fi突然断了，我推开老婆房门查看，她居然把无线路由器电源断了。

我弄好回到房间，一会儿信号又断了，我再次推开老婆房门，抱怨道：“怎么又没信号了？”

老婆生气地说：“你是瞎还是傻呀？我释放这么强的信号你难道没收到？”

这时，老婆穿着性感的内衣半躺在床上……

无语凝噎

吃货一枚，正在长智齿中，右侧脸都肿了。今晚我爸吃完饭，看了我一会儿，慢悠悠地说：“我看出来了，别的女孩子牙痛都会影响食欲，没胃口。只有你，受影响的只是吃饭的速度啊，饭量一点都没变。”我低头看了看手中剩了一半的馒头，无语凝噎。

4G网速

隔壁用手机万能Wi-Fi软件蹭我的无线网，还用来看电影，搞得我网速变慢，卡得郁闷！今天晚上网速又卡了，我忍痛关掉路由器，躺在床上看书，一小时后，我清晰地听到隔壁大叫："怎么是4G，这下要破产了！"

放松妙招

昨晚在肯德基吃饭，发了条微博之后，觉得眼睛很累，突然想起网上说的让眼睛放松的方法，于是就想试一试。先把手搓热，然后用双手捂住眼睛，放松，脑袋放空什么都不想，持续五分钟。五分钟之后，把手放开，桌子上的手机没了。

我只能帮你到这了

1. 图书馆的自习室里，一对学弟和学妹卿卿我我，情到浓时男生邀女生出去走走。女生羞涩地说：“我喜欢这里的书香，不想出去。”听到这，我默默地把穿了一天的运动鞋脱了。加油吧！学弟！学长只能帮到这了……

2. 同事与男友分手，做出了一个很奇葩的举动，她登上男友的QQ，给好友里每一位女性发了一句话：“我分手了，因为我发现我爱的是你！！”这里面包括认识的不认识的同学同事朋友等等。发完后她淡定地退出，用自己的QQ给他前男友留了个言：“作为前女友，我只能帮你到这了……”

3. 一次我去食堂吃饭，看见一对小情侣。突然男的看见女的脸上有饭粒，于是问道：“你脸上有饭粒，我可以帮你去掉么？”女生脸红红地说道：“不行，除非有很多。”于是我站起来将那女生的头按进餐盘里，飘然而去，深藏功与名。加油吧学弟，学姐只能帮你到这了。

4. 一号床上的同学深情地望着二号床上正在LOL的室友，他已经这样注视了半个小时了。终于他忍不住开口了："你到底什么时候上来和我一起睡觉！"二号床同学不耐烦地说："别急，待会儿断了电，我笔记本还能撑三个小时！超级本，就是牛！"突然，世界都黑了。走廊里传来了："啊！网呢？""断电又断网？"阿姨拿着手里的网线接口，不忍抬头看那些黑暗的寝室。加油吧！阿姨只能帮你到这儿了……

5. 开了四十分钟才到家。路上堵车，一对穿着一中校服的男女从我和前车之间穿过，男生递给了女生一个雪糕，结果就幸福地笑了。我想他不会跟我似的那么㞞，连手都不敢牵吧？然后就踩住刹车猛轰了一脚油门。男生果然匆忙叫了一声"小心"，搂住女生跑了过去。加油吧小伙子，我只能帮你到这了。还有，别误了自己的学业。

6. 夜自习后，在图书馆14楼等电梯，前面站着一对儿学弟学妹也在等电梯。电梯来了，男生悄悄伏在女生耳边说："今天我可以亲你吗？"女孩害羞地看了他一眼："不行，除非你走楼梯能比我先到1楼。"男生欣喜地嗯了一声，拔腿就从楼梯往下跑。我想他不会像我一样那么不幸运吧，于是我走进电梯，伸手把14楼到1楼的灯全按亮了。坐到10楼就出来走楼梯了，一直没敢回头看那个女生的眼神。加油吧，学弟，学长只能帮你到这儿了……

7. 有天晚上我在湖边散步，看见一对儿学弟学妹坐在那看风景，一会儿起风了，男生轻轻伏在女生耳边说："天冷了我能抱你吗？"女孩儿害羞地看了他一眼说："不行……"我心说小伙你指定比不上我当年幸运了，于是就飞起一脚用全力把那女生踹进湖里然后飞奔而去。加油吧，学弟，学长只能帮你到这了……

8. 上次发现天台开了，外面有一个男生和一个女生在聊天，男生看起来好羞涩的样子。于是我就趁他们不注意偷偷把门锁上，然后默默下楼了。学弟啊，学长就只能帮你到这了……

一会不见就长大了

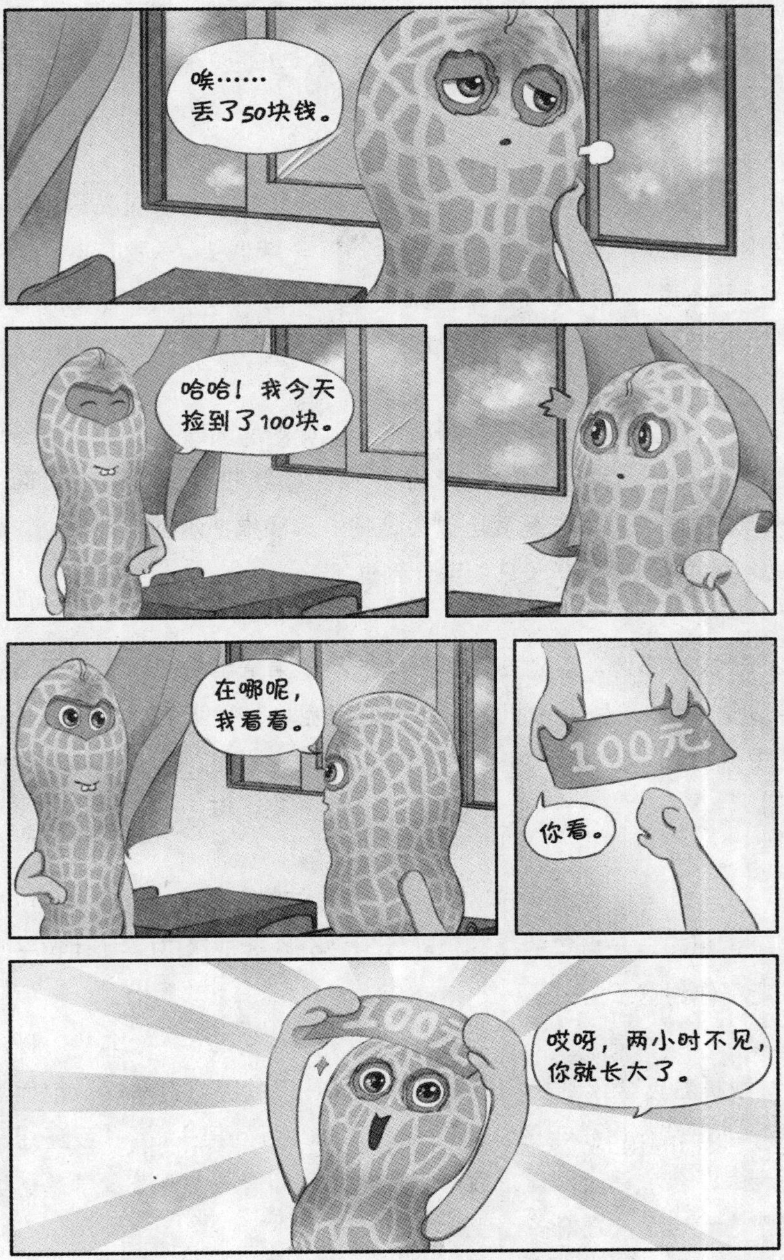

9. 昨天在食堂碰到学弟想给学妹刷卡，学妹不让，我立马夺回学妹的饭卡掰断，默默离去，深藏功与名。学弟，学长只能帮你到这里了，以后都要靠自己了。

10. 今天坐地铁，看到座位上一学弟和一学妹挨着低头私语，学弟含情脉脉地说道："你能让我抱一下吗？"学妹低头："我有自己的座位……"于是我一个拎小鸡的动作就把学妹抓起来然后扔到学弟怀里，自己坐了下去。学弟，学长只能帮你到这了，接下来就自己努力吧。

11. 一次我去医院，看见一对小情侣。突然男的看见女的有点冷，问："你打哆嗦了，我可以抱住你么？"女生脸红红地说："不行，除非我冻得无法忍受了。"于是我走过去，把一大桶拖把水倒到她身上，飘然而去。加油吧学弟，学长只能帮你到这了。

12. 一次在路边，看到一对学弟学妹。学弟拿出一部新手机想要送给学妹。学妹说："我有手机啊，还很好用呢。"我听闻后迎上去抢了学妹的手机扔进旁边的池塘，飘然而去。加油吧学弟，学长只能帮你到这儿了。

13. "学姐当我女朋友好吗？""不行，我比你大一届呢……"老师看到了，想起自己当年的往事，默默地把分数改成了59。加油孩子！老师只能帮你到这了……

14. 我提着行李走到校门口要打车，大冷天的不好打车啊。前面学弟送学妹，正站在出租车旁依依惜别，我隐约听到男生说："我还想和你多待一会儿。"话音刚落，我飞奔上车，叫师傅马上开车。学弟，学长只能帮你到这了，好好多说会儿话吧……

15. 今天在图书馆，看见一个学弟对一个学妹说：“我可以吻你吗？”学妹红着脸不说话，然后那个学弟就傻傻的不知道说什么了。我在一边实在是看不下去了，上去一手把揪住他们的头发把他们的头磕一块儿去了。加油了学弟，学长只能帮你到这儿了……

16. 昨天晚上在游泳，听到边上学弟羞涩地对学妹说：“能亲一下吗？”学妹脸红状：“人家还是初吻。”我听后立刻把学妹头按水里致其昏倒。剩下的人工呼吸靠学弟你自己了，学姐只能帮到这里了……

我送快递我最衰

1. 我：“我的快递怎么还没送过来啊！”

快递：“不好意思呀！你的包裹放在店里忘记带出来了，晚点帮你送可以吗？”

我：“哦，我已经很久没有跟人打过架了，你看着办吧！”

2. 快递：“刘先生是吗？你的快件到了哦！”

我：“请别称呼我刘先生。”

快递：“那应该怎么叫你呢？”

我：“男神。”

3. 快递：“你有一个快递，收件人是大侠，是你本人吗？”

我：“正是在下。”

快递：“现在帮你送过去，别离开家。”

我：“我在苦练神功还未出关，你且缓慢几天派送，我出关之时便是我取快递之日，谢过。”

4. 邻居：“你是住在305的快递小哥吗？”

我："是的，我已经下班了，有快递明天我去你家收吧！"

邻居："不是叫你收快递啦！我是住你家楼下的，我想问你家Wi-Fi密码多少啊？"

5. 快递："你好，这边有你的快递，十五分钟后送过去。"

我："是什么东西啊！"

快递："一根挺长的东西，不知道是啥。"

我："是我的金箍棒到了，快点送过来。"

6. 快递："王小川同学放学别走知道吗？"

我："你是……"

快递："快递。"

我："求求大哥下次发短信一次性发完好吗？我以为是谁要找我算账！吓得我没敢去上厕所，膀胱爆了你赔啊！！"

7. 快递："有你的快递，在家吗？"

我："不出意外的话是在的。"

快递："快递到楼下了，下楼取一下吧！"

我："不在家。"

快递："你不是说不出意外的话在家的吗？"

我："抱歉，人生总是充满意外的。"

8. 快递："你的包裹我已经给你放在小区物业了，表面有些破损，你今天有空去取一下。"

我："什么？！破损了！严重吗？"

快递："不严重，不仔细看是看不出来的。"

我："哦，看来是些不肤浅而值得回味的伤痕，这一定是个有故事的包裹！像我！"

9. 我："我的快递送过来了吗？"
快递："我在吃午饭，吃完给你送过去行吗？"
我："好吧！"
快递："谢谢理解。"
我："没什么，这是你应该谢的。"

10. 快递："你的快递到了哦，怎么不在家呀？"
我："你帮我扔到我家阳台吧。"
快递："我明天给你送过来吧，你家七楼我真的做不到啊！"
我："你可以的，神赐予你力量。"

11. 快递："啊啊啊啊啊！你好，刚刚给你送过去的包裹是到付的呢！！我忘记收运费了！"

我："啊啊啊！头好疼啊！我好像失忆了啊，我什么都忘记了啊！"

12. 快递："我在你们学校门口了，你出来拿吧。"
我："小哥你能进学校来吗？"
快递："你们这种搞基学校，保安不给进的。"
我："说什么啊你！！"
快递："不不不，是高级学校！高级学校！！"

13. 快递："有快递，在家吗？"
我："还没起床呢，你晚点儿送过来吧！"
快递："那下午帮你送吧！"
我："小哥你还是现在帮我送过来好了。"
我："算了算了，还是下午送吧！"
我："想了想觉得小哥你还是帮我送过来吧！"
快递："到底还送吗？"

我："我还是再睡会儿吧！"

14. 快递："二十分钟后下来便利店门口取一下包裹。"
我："好！不过小哥啊，你跟我说实话。"
快递："嗯？"
我："你这么萌是不是想泡我？"
快递："我？萌？！想泡你？！等等，让我理一下思路。"

15. 快递："快递到了，你在家吗？"
我："我在健身房，你帮我放在楼下超市好吗？"
快递："好的！"
我："真乖，奖励你摸一下我的肌肉吧！"

16. 快递："在家吗？怎么不接电话，有快递。"
快递："接下电话吧！亲！"
我："天儿太热不想说话。"

语不惊人死不休

1. 如果明天就是世界末日，为什么今天就有人想自杀?
回复：去天堂占位置。

2. 什么叫真理?
回复：大家喜欢上学，就是不喜欢上课。

3. 怎么让自己的照片变帅?
回复：把你的照片放在两个白痴之间。

4. 心累的时候你们都怎么给自己打气?
回复：我只知道怎么给女朋友打气。

5. 史上最纯洁的一对情侣是谁?
回复：当然是新闻联播了，都三十年了，每天定时约会，没出现过一次绯闻，从不牵手，你说纯不纯?

6. 现在的男孩子比较重视女孩子的外表，而不是内涵。这样太肤浅

冤家路窄

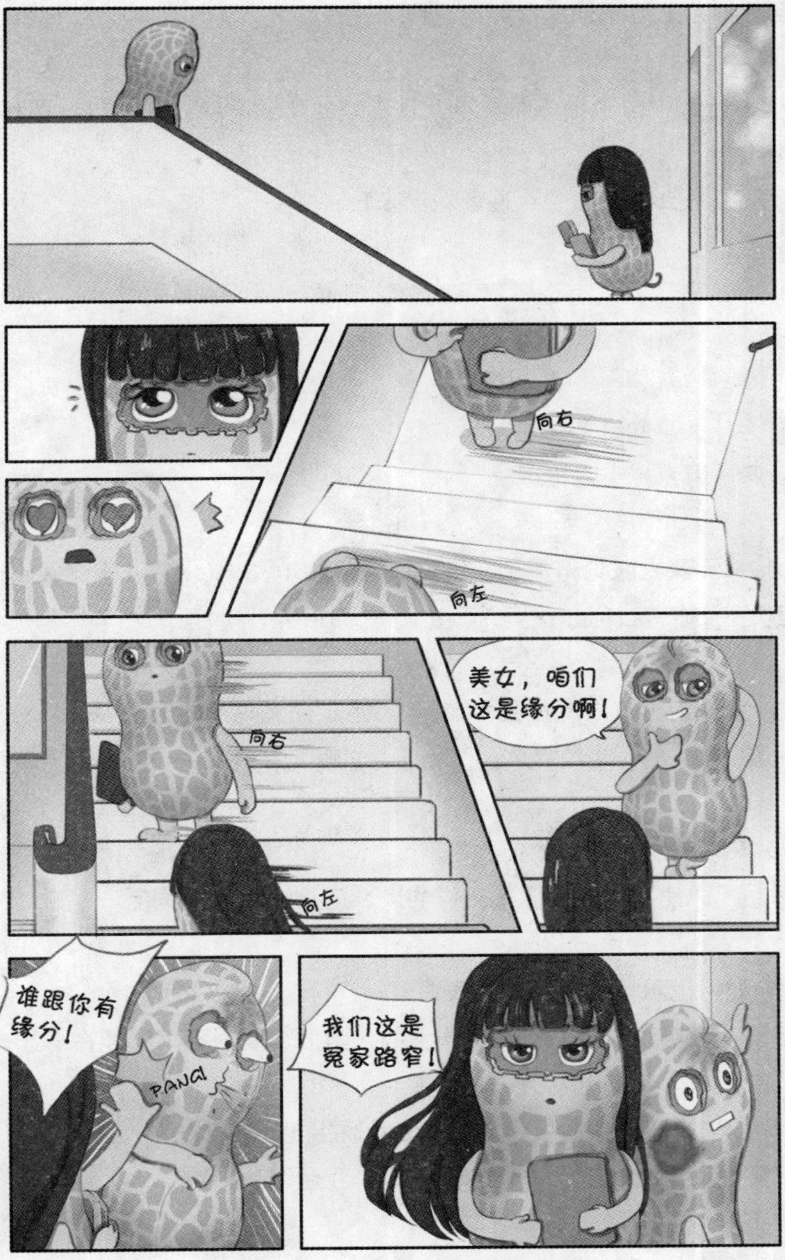

了，美丽只是短暂的！

回复：可是丑陋却是永恒的！

7. 为什么中国领导访问日本，日本方面比较冷淡，甚至机场连欢迎标语都没挂？

回复：怎么挂？热烈欢迎老朋友来日？

8. 都40多了，还有许多事不明白该问谁？

回复：外事问谷歌，内事问百度，房事问天涯！

9. 为什么平胸妹子一般都是吃货？

回复：因为“穷胸极饿！”

10. 那天买衣服觉得贵了，售货员没好脸地说：“没钱还来这买？”

回复：“你有钱你在这卖？”（新技能get！）

11. 女友前男友故意在我面前问：“她是处女吗？”

回复：“不是，她是双鱼。”（机智的回应，中国好男友）

12. 热恋是一种怎样的体验？

回复：即使两个长得像猪一样的人，还是怕对方被抢走。

13. 如何优雅地拒绝别人的表白？

回复：我喜欢男的，你却喜欢女的，咱们恋爱观不同不能在一起。

14. 你一直暗恋的人突然向你表白，你会怎么做？

回复：反手就是一巴掌，你怎么能抢我台词！

15. 长得帅的踢毽子都是好看的！

回复：就你这样的打高尔夫都像是在铲屎。

16. 如何把情侣恩爱，土豪秀钱，学霸秀成绩放在一起说?

回复：好讨厌，我考了98分，女友考了100分，又输给她一部iPhone6！

17. 你认为做什么事最拉风?

回复：挑桶大粪上街，看谁不爽给谁一瓢！

18. 发现男朋友有个微博小号，关注了他前女友和若干公司的美女，怎么办?

回复：分了吧，这男人的智商让人着急，这都能被发现。

19. 怎样用一句话把别人祖宗十八代都骂了?

回复：基因有问题。

20. 都说左眼跳财，右眼跳灾。那我两个眼皮一起跳是啥意思?

回复：那说明你的人身意外险就快有用了。

21. 我终于18岁了，可以干好多事情了。

回复：恭喜，可以判死刑了。

22. 你怎么还是一个人?

回复：找不到和我一样帅的。

23. 女生都觉得打篮球比踢足球帅是吧?

回复：主要还是看脸，长得帅的挑粪都帅，长得丑的吃鲍鱼都像在吃屎。

24. 我的女友脾气不好，经常生气，有时能气十几天不来找我，高兴的时候就一星期天天来。

回复：你女朋友叫大姨妈吧？

25. 自从有了美图之类的软件之后，在网上泡妞有种去西天路上取经的感觉，没有一双火眼金睛都看不穿诸位的原形。

回复：“道理我都懂，可你为什么要在网上泡妞，还不是因为丑。”

26. 最烦人吸烟，如果有人问我“可以吸烟吗”，我该怎么回答？

回复：吸可以，不准吐！

27. 人有两只眼睛的好处是什么？

回复：瞎了一只还有一只。

28. 你们猜猜我爱吃鸡腿还是猪蹄。

回复：那要看你是缺胳膊还是少腿。

29. 因为某些原因需要20天瘦下20斤怎么办？

回复：截肢……

30. 爱情和婚姻的区别是什么？

回复：你今天和她睡了，明天还想和她睡，这就是爱情；你今天和她睡了，明天还得和她睡，这就是婚姻。

31. 现场抓到学生看AV，应该怎么说能缓解气氛？

回复：都是老面孔有啥好看的……

32. 有人说脱了衣服是禽兽，穿上衣服是什么？

回复：衣冠禽兽。

33. 第一个月拿1000元工资，第二个月拿700，第三个月拿500，请问工资是降低还是增长？

回复：负增长。

34. 女娲要是在当代，补天会用什么材料？

回复：肾结石。

35. 说起来和你时时刻刻密切相关，但是需要时看不见找不着的是什么？

回复：相关部门。

36. 外面看着豪华、干净，实则是宽衣解带、藏污纳垢的地方是哪里？

回复：演艺圈。

37. 你最近手头紧吗？

回复：是啊，你要借钱给我吗？谢谢啊！

38. 爸妈吵架，可我根本帮不上忙，怎么办？

回复：在旁边鼓掌叫好，每次我这样，他们俩就联合起来打我。

39. 花了钱还觉得没尊严的体验有哪些？

回复：学校、驾校。

40. 什么时候抽烟对健康危害最大？

回复：煤气泄漏的时候。

41. 前男友现任好丑，我应该高兴吗？

回复：他宁可要一个丑女人都不要你，姑娘长点心吧。

42. 杀气是一种什么感觉？

回复：你妈喊你全名的时候。

43. 男女之间没有纯友谊吗？

回复：有，越丑越纯！

44. 有没有一本书，提到它就觉得它改变了你，甚至影响你的人生观，让你感动不已？

回复：《五年高考 三年模拟》

鸡蛋汤

好基友，好朋友

你确定？

刚睡醒，躲在被窝里给室友发短信想问他老师点名没。过了几秒钟，从对面床上传来幽幽弱弱的声音："你确定是问我吗？"

君子动口

小宝看见一对男女打啵儿，问哥哥："他俩在干啥？"

哥哥说："他们在打架。"

小宝："为啥要用嘴打架，不用手呢？"

哥哥："呃，这个君子动口不动手！"

小宝："哦，他们是君子啊！"

你误会了

以前读书的时候就爱看笑话。有次周末，寝室通宵有电，就躺在被子里面用手机看笑话，又不敢笑出声，怕吵醒了正在睡觉的室友。于是捂着被子，身体还好似一抽一抽的。这时候突然有个哥们儿从下面塞了一包纸巾到我的被子里。

同款

今天朋友问我，你说除了双胞胎，谁会买两件一模一样的衣服？

我说大家都买过，校服。

极品室友

舍友欠我24元，多次催款不还钱，早上起来主动说还了，结果放了4元在我桌上，假装20元被风吹走了……

不是本地的

去上课的路上对面走来一个醉汉问我："兄弟，现在是白天还是晚上？"当时就把我问蒙了，停滞两秒钟后，果断回答他："哥们儿，对不起我不是本地的，不知道。"

会心的微笑

我上小学的时候，总是被人欺负。有一天忍无可忍，趁中午没人的时候，把欺负我的人书上带页码的那个角用小刀切了下来。

从此以后，每当老师说打开书第几页准备提问的时候，我都会露出会心的微笑。

效仿星爷

上初中的时候，一次去厕所，厕所有几个高年级的学生在抽烟，正抽得起劲，年级主任进来了。当时一学生以迅雷不及掩耳盗铃之势，将手中的香烟丢掉，然后学星爷电影里一样，双手按住太阳穴说："你看不见我，你看不见我。"

主任当时一愣，随即一巴掌打了过去，鼻涕都打出来了啊……

太冲动了

一哥们儿刚洗完澡回来，推门第一句话就是："我突然有种很强烈的冲动想学习了。"

我们就说："想学就学啊，又没人拦你。"

他端起水杯，坐了下来，华丽丽地来了一句："不行，不行，太冲动了，喝杯水冷静一下。"

自找的

听同学说地铁售票机可以自动找零了，闲得无聊就去试了下，投了一张一百的。

我是不会告诉你们身上装着97个硬币在街上遛是什么感觉的！

万万想不到

小时候热心肠，经常有低年级同学找我帮忙写作业。记得有一次我写了一下午数学题，同学知道后关切地来到我身边说："看一下午数学累了吧？"

我满心欢喜地以为那哥们儿约我打球，赶紧说："是啊，好累。"

结果他说："哦，那就换语文看看，放松放松吧。"

不要管

幼儿园里有个小男孩在搭积木，总是不成功。旁边有个小女孩友好地说："我来帮你吧？"小男孩听后，一脸不屑地扭过头说："一边儿去！男人的事情女人不要管。"

换裤子

上课的时候，我班同桌放了一个巨响的屁，全班哄笑。同桌无比羞愧，起身向教室外走去。

老师训斥道："都安静点！放个屁有什么好笑的！你坐回去继续听课。"

同桌一脸无辜道："老师，我回去换条裤子。"

咽气儿

一同学上课偷吃香肠。正往下咽的时候被老师发现，老师就问："你咽什么呢？"

他说："老师，我……我咽气儿呢。"

郁闷了

初中一哥们儿趴在桌子上抠鼻屎。这时班主任从后面走来，以为他玩手机，"啪"一巴掌把他头拍到桌子上。然后这哥们儿手指掐着流血的鼻子，抬头用幽怨的眼神看着班主任吼道："抠鼻屎都不让啊？"

低头要有勇气，抬头要有底气

最值钱

有次，我和男友出去逛街，遇到劫匪了："把身上值钱的东西都交出来！"男友二话不说就把我推了出去，都不知道该感动还是生气！

垃圾短信

有一次老婆手机来了信息，她看了之后，我顺便问她什么信息，她说："没事，垃圾短信。"后来我也看了，是她妹妹发来的："姐，我手机没费了，给我充100吧。"果然是垃圾短信！

娶了媳妇忘了娘

妈妈经常问我："以后找到老婆，会不会就不要妈了？"

我总是严肃地摇摇头："妈你把我当成什么人了，我是那种能找到老婆的人吗？"

安全起见

想起考驾照的时候，跟我们一起的有一个牛人，上车了不系安全带，然后教练说："不系安全带，你想死吗？"牛人的回答让教练毫不犹豫地给了他一记黑虎掏心。他说："系了安全带太危险了，翻车的时候不好跳。"

且行且珍惜

拥挤的马路上两车刮擦，车主争执不下进而肉搏，场面一时比较混乱，严重影响交通，一个热心大爷见多次劝阻无效，果断往两车旁一躺，对车主说："你们俩各有一次离开的机会，且行且珍惜！"两车主见状立即跪地认错，并火速驾车离去，周围群众都对大爷的义举纷纷表示赞赏。

不懂就问

晚上跟媳妇在沙发上一边一个躺着看电视，媳妇突然问我："你知道我现在想吃什么吗？""不知道。"她"啪"的一巴掌打过来说："不知道为什么不问？"

我竟然有今天

一个人误把假眼吞入口中，最后卡到肛门拿不出来，就到医院就医。医生看了以后当场晕过去，醒来以后说："我看了一辈子的屁眼，没想到最后被屁眼看了一眼……"

结婚就没戏了

突然发现一个有趣的规律：不管我们看的是爱情剧还是青春偶像剧，到最后男主角和女主角结婚了，电视或电影就大结局了，这说明了什么？这深刻地说明了男的和女的只要一结婚，后面就没戏了！

万能的神

今天，两位阿姨对着我说教，让我相信世上是真有神的。经过一个多小时的洗礼，我终于相信，毛爷爷才是神，万能的神！

太监当官

当下环境改用太监当官才能保证清廉。有三大理由：一是可以杜绝性丑闻，扭转官员形象；二是可以彻底根除官二代，促进官民和谐；三是可以减少想当官者的数量，从根本上改变官场拥挤的现象。

不能理解

和老婆讨论自己不能理解女人的思维，例如：女人总是想尽办法不让自己的老公有私房钱，却在所有的节日里幻想自己能收到一份惊喜的礼物。老婆呵呵一笑，完了，今天又要睡沙发了。

忙死我了

停车场看见一个车位有辆劳斯莱斯要停进去，我上前敲了敲他车窗，丢进去一百块钱对他说："这个车位我看中了，你去别的地方停！"他冲我脸上甩来十几张一百的，叫我滚一边儿去。后来我又如法炮制，效果惊人，一上午赚了两万多。不说了，有辆兰博基尼开过来了，忙死我了。

白雪公主

晚上陪女儿睡觉，床边放着白雪公主的故事书，顺手拿起准备给女儿讲故事："宝贝，以后你也是白雪公主哦！"接着翻开第一页开始念："白雪公主从小失去了母亲……"蓦然看见老婆黑着脸，面露凶相。老婆，我真没有那个想法，别打，别打！

学霸和学渣

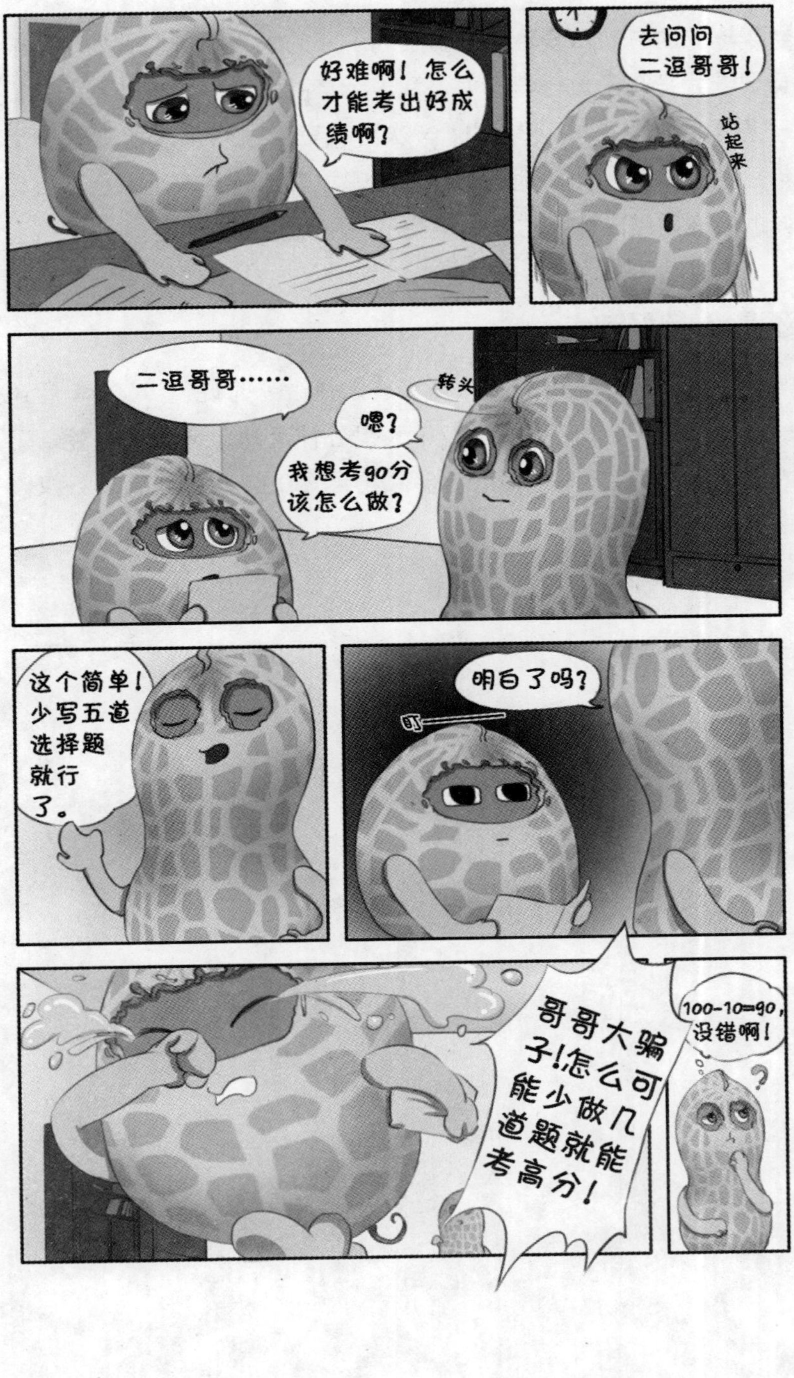

好难啊！怎么才能考出好成绩啊？
去问问二逗哥哥！
站起来
二逗哥哥……
转头
嗯？
我想考90分该怎么做？
这个简单！少写五道选择题就行了。
明白了吗？
哥哥大骗子！怎么可能少做几道题就能考高分！
100-10=90，没错啊！

爱放哪放哪

当年毕业的时候，我轻松扛着装满了书的大箱子挤上了火车。帅哥乘务员要求我把箱子放行李架上，我表示身高太着急了。帅哥无奈提着我箱子想帮我放上去，可是试了一次两次三次居然都没能把箱子提起来！然后他一跺脚，傲娇地表示你爱放哪放哪，转身就走，留下堪比纯爷们儿的我在周围人惊吓的目光中凌乱……

还是一条好汉

电影《一九四二》讲的是饥荒，一人快饿死时说道："20年后还是一条好汉。"结果20年后，1962年人民公社运动，又闹了饥荒。于是又有人说："20年后还是一条好汉。"结果1980年计划生育，好汉没有生出来。

我就是我，是颜色不一样的烟火

聋哑人

汽车站坐车，上来一个“聋哑人”乞讨，都知道是骗子，没想搭理他。乞讨到我这附近时，身上有烟味散发出来，我说：“哥们儿，烟掉了。”他低头看了，然后他狠狠地瞪了我一眼下车了。

游牧民族

暑假，班里某位蒙古族同学放学回家，开学过了好几天还不见他来上课，老师给他打电话，他在电话里说：“老师，我还在呼伦贝尔草原上骑马找我家呢，我家是游牧民族，不知道搬到哪儿去了。”

心里暖暖的

我去餐馆吃饭，服务员说你瘦身材好，多吃点不怕胖，心里暖暖的。去买衣服，服务员说你穿这件好年轻好帅喔，心里暖暖的……我的虚荣心在消费场合得到极大满足，肯定不是我一个，心里暖暖的变成钱包瘪瘪的。

做好了

和老三去一个湘菜馆吃饭，点菜半天了，还没有上一个盘子！老三冲服务员喊道："我那个炒粉弄好了没，没有做好就给我换成汤粉。"服务员立即回复："已经做好了，换不了。""做好了就赶紧端上来啊。"老三这一出口，整个饭店都笑了，除了那个服务员……

图片仅供参考

老王："大师，你怎么看待网上的女神？"

大师："她们就像是方便面。"

老王："大师的意思是用来泡的？"

大师："不，图片仅供参考。"

老爸整天玩斗地主

放假回家，家里就一台电脑，老爸却整天玩斗地主，抢又抢不过，无奈只好去厨房找妈妈。"妈妈你看我爸，老是上网添加附近的阿姨聊天，还要人家电话号码。"

强力助攻

和我妈出去买衣服，我去试衣服的时候发现试衣间门锁不上，就让妈帮忙看着点。刚把裤子脱了，一个漂亮的妹子就把门开了，两个人都很不好意思。出来后我问我妈刚才干什么呢，我妈说："那女孩挺漂亮的，就没拦着……"

机器人与狗

有个朋友告诉我狗和扫地机器人不能同时养。刚开始我以为机器人工作时狗狗经常会把它叼起来跑，后来狗狗拉了一坨屎。终于明白了朋友的忠告了——那个机器人居然把那坨屎均匀地抹了一地！

心疼我

我妈有次做的炒饭不好吃，我就拿纸包着扔了，我妈大发雷霆，问是谁干的。结果我姥爷承认了，我心想姥爷果然很宠我啊，后来去倒垃圾的时候发现垃圾桶里还有一份没用纸包起来的炒饭……

前方核能

搞导弹、核武器的应该出个方队叫核能方队，这样就能听到播音员字正腔圆地说："前方核能。"

我也是这么想的

爸爸："不好好念书，以后只能和我一样做苦力。"

儿子："你要是当年努力点，我现在就是富二代了，都怪你。"

爸爸："你说得对，那这样吧，你从现在开始吃苦受累，以后你儿子就是富二代了。"

儿子："凭什么我吃苦受累，全让他享受？！"

爸爸："我也是这么想的。"

虚惊一场

今晚上网，旺旺突然跳出来一个窗口对我说："亲，我怀孕了。"我顿时一惊，心想自己没闯什么祸吧？正发愣，那人又说："明天去医院检查。"心想你到底是谁，难道还要我陪你去检查，想讹我不成？正琢磨着，那人又说："只能后天给你发货了。"

穷疯了

今天下班后，打通房产中介的电话，说要租房子，让他带我看看。没过多久，他骑着电动车就过来了。坐上之后，很快到了我指定的小区。简单看了几间，房子特棒，但价格略高，礼貌地说完抱歉，依依不舍地下楼了。

在小区里没走几步，来到小区里的花园长椅旁坐下，看着嬉闹的人们，不禁感慨："真好呀，下次没钱打车，还可以这么干！"

光滑的地面上哪儿来的摩擦

今天班上一同学在唱《我的滑板鞋》，刚刚唱到："摩擦摩擦，在这光滑的地上，摩擦。"后面一学霸默默说道："光滑的地面上哪儿来的摩擦？"

原来还可以这样

诺基亚当初认为苹果iPhone构不成威胁的原因是太贵且未能通过基本抗摔测试。但让他们没想到的是：如果把手机做得特别贵，一般人就不舍得摔了……

电视剧经典桥段

1. 美女洗澡必被人看见。

2. 失恋后必喝酒。

3. 主角怎么死都死不了。

4. 男二是暖男，女二是贱人。

5. 绣花特写必定扎手。

6. 植物人靠意志醒了。

7. 中毒了，拿出一颗麦丽素解毒……

8. 非要掀起面纱才能看清佳人面貌。

9. 一发生关系就怀孕，一切菜就切到手。

10. 剧外人都能看出来女扮男装，就剧中人看不出来!

11. 一撞失忆，二撞复忆，再撞失忆。

12. 听客官口音永远不是本地人。

13. 吵架的时候一挥手出租车说有就有，太不科学了。

14. 无论是什么热闹，围了多少围观群众，主人公总能一下子挤到前排。

15. 身上有胎记的都是别人流落的亲生孩子。

16. 说干完这票就金盆洗手的人一定会死。

17. 说打完这仗就回家娶妻养老生孩子的一定会死。

18. 拆炸弹的时候永远都只剩一秒就成功了。

19. “有句话我不知道该不该说。”最后都说了。

20. 刽子手总是能等到“刀下留人，不要开枪”的那一刻……

21. 主角说秘密的时候，恶毒配角总是能听到，无论何时何地。

22. “别杀我，别杀我！”就一定会死。“你杀了我吧！”然后就是死不了。

以彼之道还施彼身

您好，一共46元8角。
收您50元整。
50元
最近有人专门用50块的假钱买东西。
找您3元2角。
接过
现在啊！有的超市专门找给别人假钱。

23. 主角被枪击中心脏还能吧啦吧啦说上个五分钟，路人打到腿就死了。

24. 主角藏在一棵大树后面就能躲过十几个歹徒的眼睛。

25. 男女主角那个爱的啊，爱到后来发现女主角竟是男主角同父异母的妹妹。

26. 女生永远不知道自己怀孕，永远都是最近老想吐，然后旁边来了个人，“你不会是怀孕了吧？”

27. 停车的时候也从来不必为停在哪里苦恼，医院、酒店、商场大门随便停啊！最离谱是丢在路中间，人就跳下车走了……

28. 当反派高兴地说出让主角插翅也难飞这句话，并伴随莫名其妙的大笑的时候，他们的计谋已经失败了。

29. 主角跳崖之类后，不是能捡到一个上古神兵，就是得到一本武功秘籍之类的，再不济也能艳遇……

30. 一个人快死了还废话连篇，另一个人就蹲在他（她）旁边说：“不！你不会死的！”却又迟迟不把他（她）送进医院。

我以为我颓废，原来我报废了

像明星

俺姐去相亲，去之前人家描述对方：“带兵的，连级，穿军装的人就是不一样，长得还像个明星呢。”

我姐回来说：“之前形容的都不假，可是他长得像许三多。”

过分了啊

有阵子没洗澡了，刚刚去桑拿，和搓澡师傅说：“师傅，我有阵子没洗澡，见怪了。”

师傅说：“小伙子，师傅我干这行这么多年，多脏的没见过啊。”

不到一会儿，师傅憋出一句话：“小伙子你过分了啊……”

没闻出来

我有一个好朋友，他也是我的好基友，我跟他经常在一起玩。但他特别不讲卫生，所以我比较熟悉他身上散发的味道。一次他从后面突然走过来吓了我一跳，然后我对他说：“换了新袜子了啊，差点没把你闻出来……”

翻脸不是人

自习课的时候，下面同学很吵。班长怎么也控制不了，就干脆扯大嗓门吼道："你们再吵，就别怪我翻脸不是人了。"

来吃饭的

外地出差，经销商请吃饭，席间想要小便，经销商说："对面就有洗手间，你去的话和门口的人说我们是在对面吃饭的就可以免费。"

我们同事为了节约两毛钱，箭步直走，理直气壮地对管厕所的说："我是来吃饭的！"

什么东西

我是物流部的，过了年，客户打电话过来查询节前的货物什么时候到，因为过节这几天浑浑噩噩的，我也搞不清楚订单的内容，就顺口问了一句："您是什么东西？"

打胎

大二有一阵儿特别喜欢和同宿舍的一个MM一起骑车出去逛街，打扮漂亮后一起进了电梯，突然想起车已经没气儿了，就冲她说了句："先陪我去打胎吧！"

腌肉

听说用盐水洗脸有很多好处，我想试一试。某日，我洗脸时向洗脸水里撒了一大把盐，刚要洗，只听老妈幽幽地问："你腌肉啊？"

这智商

"上厕所没带纸简直太尴尬了！"

“你不是带手机了吗？你可以……”

“真恶心，用手机怎么擦！”

“你可以打电话求助啊！”

至少还是亲生的

今天生日，我得意地问爸妈：“我作为你们爱情的结晶，你们有什么要对我说的吗？”

我妈说：“你充其量只是我们的副产物。”

操碎了心

这几天躺在床上失眠，有几个问题一直纠结着我。

一是杨过独臂一个人生活十六年，手指甲怎么剪的呢？

二是小昭带了多年脚链，内裤是怎么换的呢？

三是梅超风练了那么多年九阴白骨爪，是怎么擦屁股的呢？

四是白雪公主沉睡了那么多年没刷牙，会不会把王子熏晕？

五是梁山伯与祝英台变成了蝴蝶，蝴蝶的生命只有七天，他们为什么不变成王八，可以活千年呢……

这些都让我操碎了心，这些不省心的玩意儿……

女汉子

头一次和闺蜜洗澡，闺蜜在一旁搓澡，我才刚脱上衣。这时她一脸惊恐，目不转睛地看着我的胸，我又脱了裤子，她才继续洗澡。

我问：“为什么看我？”

她说：“我以为你是男的。”

音乐梦

我在陪女儿练钢琴，看着她认真的样子，我不禁感叹道：“要是我能像贝多芬一样该多好啊！”

女儿：“想不到老爸也有个音乐梦呢！”

我笑了：“不，我的意思是，我要是个聋子该多好。”

忘了张嘴

女友平时就是个迷糊虫，有一次拿杯子喝水，然后就看整杯水全洒她身上了！

我问她：“怎么了。”

她淡定地说：“没事儿，就是喝水的时候忘了张嘴……”

少壮不努力，老大富士康

一定会回来

小明这两天一直在姑妈家，下午老爸打电话说："快点回来，你笔记本不知道怎么回事冒烟儿了！"

小明一听顿时怒吼道："谁让你乱动我东西了？"然后急匆匆地往家里赶。

到了家门口，老爸看到小明就对他妈妈说："看吧看吧，我就知道能骗回来。"

没傻

邻居家有一个7岁的熊孩子，今天玩滑板摔了跤，头上起了一个特别大的包。

熊孩子爬起来马上伸出几根指头，自问自答："1+1=？""等于2"。

接着开心地说："嘿嘿，没傻！"然后才痛苦地捂住了头。

量词决定命运

语文课上老师问道："量词有时是不能随便省略的，哪位同学能举个例子？"

小强马上抢答："比如'他给我一支枪'，如果省略掉量词'支'，那我的命运就不一样了！"

长命百岁

昨天在公交车站等车，看见一个小孩子拿了一大包巧克力在吃，一会就吃完了半袋子。我出于好心说了句："小孩子不能吃太多巧克力，吃多了会得病。"小孩子对我说："我爷爷今年103岁了。"我说："因为吃巧克力吃的？"小孩说："不是，因为他从来不管闲事。"我……

怎么做的

小明告诉妈妈，今天客人来家里玩的时候，哥哥放了一颗图钉在客人的椅子上，被我看到了。妈妈说："那你是怎么做的？"小明说："我在一旁站着，等客人刚要坐下来的时候，我将椅子从他后面拿走了。"

不用找了

表妹10岁了，一天她去买菜。

问青菜多少一斤，答："2元。"

还价："便宜点，1块9吧。"

菜贩同意了，正好称了一斤。

付钱的时候，这二货掏出2元钱对菜贩说不用找了……

开心和关心

儿子："妈妈，开心是什么意思？"

妈妈："开心就是很高兴。"

注孤生

儿子："那关心就是不高兴吧！"

改得明显

有个小屁孩考试只得了8分，于是他在8前面加个7，再把7改成9，拿回去给爸爸签字，爸爸一看："你这改动也太明显了吧？以为我不知道你只考了78？"

神也无法阻挡

学校里，小明想出去上网，门卫不让出去，于是便和门卫吵起来了。小明说了一句令众人至今都膜拜的话："我早产了6个星期，我想出去，连我妈都拦不住，你算什么！"

宅的最高境界

小明："你知道宅的最高境界是什么吗？"

同学："是什么？"

小明："我都大四了，昨天还在学校迷路。"

同学："……"

识时务者为俊杰

老师找小明谈话，问："最近怎么这么安分，少见捣蛋了？"小明一脸老成地说："阅尽世事沧桑，看透世态炎凉，不想做出头之鸟了！"老师："说人话！"小明："最近强冷空气过境，气温骤降，外面风大怕感冒！"

反目成仇

小明和小张发小，但后来反目成仇。

小明对小张说："难道你忘了我们从小撒尿和泥的交情了吗？"

谁知小张恶狠狠地说道："我永远也忘不了，每次都是你撒尿，我和泥！"

姜还是老的辣

爷爷问孙子："如果我把院子交给你管理，但这时猪抱怨饲料不好，狗埋怨待遇太低，驴谴责工作环境太差，你怎么办？"

孙子想了想说："我要给猪换饲料，提高狗的工资，改善磨坊环境……"

爷爷叹道："如此，我院必定危险。你应该告诉他们狼要来了！"

所谓数学

上课内容：一个苹果加一个苹果等于两个苹果。

作业内容：小明有四个苹果，他自己吃了一个，给了朋友一个，还有几个?

考试内容：你有一个苹果，再给你一个苹果，请计算出太阳的质量。

共同好友

初中喜欢的姑娘结婚了，新郎是我大专同学，听说他们是在可能认识的人上面认识的，有一个共同好友就是我。

大家都一样

我想知道你们爸妈有没有在你们小的时候给你们买衣服，每次都要买大一号的，说明年还可以穿，然后明年又会买新的大一号衣服。于是我整个童年都没有穿过合适的衣服……

别拿你的木马，挑战我的密码

我什么没见过

厕所大妈是世界上最神奇的女汉子，没有之一。她们可以理直气壮地冲进男厕所，不管你是在机枪扫射还是大炮连天，直接推开小门，无视你的一脸震惊，大手一挥道："小伙子，把那个垃圾桶递给我。"

"阿姨，我……我在上厕所呢啊！"

"呦！还害羞呢！阿姨我这么大的人了，什么没见过？"

一遍就能记住

同学："帮我想个旅游节目宣传语，需要主题明确，意境突出，既能尊重别人，又可以突出自己，内容要略带性感，不显浮华，最好让人听一遍就能记住……"

小明："大爷，来玩不……"

充满

一个老大爷手机没有话费了去交话费，工作人员问："大爷，你充多少？"

大爷一句话把我惊呆了。大爷说："充满！"

机智的少年

哥哥拉着弟弟一起去办护照，把照片交给工作人员后，工作人员盯着照片看了半天，然后又看了看兄弟俩，问道："你们谁办护照？"

哥哥说："是我要办，你看我们兄弟俩是不是长得很像？"

工作人员把照片往俩人面前一摔："那你也不能交张合照来啊！"

胃难受

病人："护士，护士，快点来呀！"

护士忙跑去问："怎么了？怎么了？"

病人："我难受。"

护士紧张地问："哪里难受？"

病人："胃难受。"

护士："怎么个难受法？是什么样感觉？"

病人："就是感觉好饿……"

维纳斯的手

和女友逛街时看到一个维纳斯雕塑，我说："这个雕塑的是在告诉人们，有个女人网购太凶了，花光所有的钱，连衣服都没得穿，最后还剁了手。"

女友听完觉得很有道理，于是换了一个有钱的男朋友。

活学活用的典范

我告诉父母学会使用"关你屁事"和"关我屁事"可以节约人生80%的时间。

于是老爸问："节约了那些时间干什么呢？"

老妈迅速抢答："关你屁事！"

玩赛跑

一天晚上，老公和我玩赛跑，很快我就被落下了。于是我冲着他大声喊："抢劫啊，抢劫！"路人纷纷看着我们，老公只好放慢了脚步，我一下超过了他，他只好跟着我跑，我一看甩不掉他，又开始喊："非礼啊，非礼！"

拉着老婆跑

一日，老婆和老公一起下馆子，点完菜后找了个靠门的位置坐了下来，然后老公趁老婆上洗手间的时候偷偷找老板结了账。老婆回来继续吃，差不多的时候老公问道："准备好了没？现在跑？"

老婆："嗯！"然后老公拉着老婆就跑了……

你瞎啊

坐火车，挨着我坐的是一女孩，长得挺可爱。我便上前去搭讪，我决定从星座入手："那个，你是啥座的啊？"

女孩看了我一眼说："你瞎啊，硬座！"

妙龄女郎

妙龄女郎：妙龄，即年轻；郎，即男人或汉子。

妙龄女郎可解释为年轻的女汉子。

以德报怨

老婆特别二，昨天被家里养的狗给咬了，这货居然不生气，还帮狗好好洗了个澡，用电吹风吹干了。我正纳闷呢，难道她要以德报怨？然后高潮来了，她华丽丽地咬了狗一口，狗伴着凄惨的声音逃走了……

智商碾压

快，到我们了。
下一位
一共10元。
这次你请吧！
为什么让我请？上回的麻辣烫，上上次的烤串，哪回不是你请？你去！
快去结账！
抢过一包

现实和幻想的差距

看韩剧里女主角伤心的时候，都会把头靠在车窗户上，感觉画面特别唯美。

今天尝试了下，差点脑震荡！

六个指头的天使

给教堂画壁画的画家把小天使画成了6个指头。“您什么时候见过6个指头的天使？”牧师气愤地说。“没见过，”画家回答，“但是您见过5个指头的天使吗？”

闪了我一下

今天，我在开车时，测速电子眼闪了我一下。我绝对没有超速，于是我又回去以更慢的速度经过那个电子眼，它又闪了。我很疑惑，就又试了一次，它果然又闪了。觉得好玩，我就以龟速又通过了它。后来我因为没系安全带收到了四张罚单。

斯文的外表，掩饰内心的风骚

私房钱

小时候，我经常偷家里的零钱买东西吃。老爸知道后，总是替我瞒着我妈，生怕我妈知道了会揍我。

一次，我在家里没找到零钱，便偷了一张五块的。这一次，老爸发飙了，他拿着鸡毛掸子一边往我屁股招呼，一边骂道："臭小子！我忍你很久了，这次就算让你妈知道我藏私房钱的事，我也要狠狠揍你一顿……"

放虎归山

我是安检员，刚看见一男的送一妹子，规定没票是不能进去的。

那妹子进到里面就骂那男的："你来打我啊！"

于是我就把那男的放进去了。

放回去

顾客："你们这个饭店从来不放牙签吗？"服务员："我们以前放过几次，但客人用完了总是会放回去。"

奇葩啊

今天坐飞机，旁边一个奇葩拿了杯七喜加橙汁。然后掏出清洁袋，把饼干全捏碎了倒饮料进去，搅拌均匀后对空姐说这是自己吐的。空姐让他丢到后面洗手间的垃圾桶，他说太麻烦我喝了吧。当即就喝了几口，之后半个客舱的旅客都没能吃下饭……

验货

楼主大四考研党，刚才有一大一学弟问了几题高数，都顺利地解答了出来，然后他说：“学长，能替我考试吗？”

我悠悠来一句：“咋的？刚才你是验货啊？”

放学

记得高中的时候，老师正在上课，突然手机响了，老师很犹豫要不要接。

同学们就说：“老师，出去接吧！”

但老师仍旧犹豫，这时候同桌冷漠地来了句话，顿时让全班沸腾：“怎么的，要不我们出去您在屋里接？”然后我们就放学了！

炫耀的后果

一同事新买了苹果6s，天天在微信群里炫耀新手机如何如何的好，哥几个实在看不下去了，就商量了下，在群里只发语音，但是录音都不说话，几十条语音里面，都是没有声音的。

没过多久，就看到那哥们儿慌慌张张地和老板请假去售后了。

知道或不知道

“被告，接下来我要向你提问，你只需要回答知道或不知道。”

“不公平，这样一来我就没办法为自己辩护了。”

“为什么不能？？”

“那我问你一个问题，你只需要回答知道或不知道，你爸妈知道你是同性恋吗？”

秒杀

昨晚去吃牛肉面，十八元一碗，我一咬牙，一跺脚，点了一碗。

“大方”的老板捏了两小片牛肉端给了我。

我暗淡无光地说了句：“老板下次牛肉少放点，我吃不完。”

只见周围顾客目光一起秒杀了老板。

够含蓄

儿子四岁，昨晚睡得正香，迷糊中听见儿子说：“妈妈，我屁股出了好多汗……”

下意识伸手摸摸，我的乖，你这也叫出汗啊？好大一片！连上衣都湿答答的，熊孩子，你能把尿床这件事说得再含蓄点不……

没有然后

晚上十点半接到朋友的电话：“哥心里烦，出来喝两杯。”我问：“咋啦？”哥们儿回：“别提了，刚搂着老婆准备睡觉，也不知道自己哪根筋搭错了，来了句还是搂着自己的老婆睡踏实。”然后，就没有然后了……

桃园两结义

刘关张在桃园许下誓言：不求同年同月同日生，但求同年同月同日死。刚说完，张飞因心脏突发而死。关羽大惊：“大哥，三弟死了，我们该怎么办啊！”刘备：“什么三弟，不就只有我俩吗？”

关羽：“大哥，你瞧我这记性。”

变身

今天起床之后跟老公说:“我要化妆了。”
这二货来了句:“那不是化妆,是变身。”

暴露了

“喂,老公,今天让你在家洗衣服,你洗了吗?”
“停电了,没法洗了。”
“哦,那你干什么呢?”
“看电视。”

送站

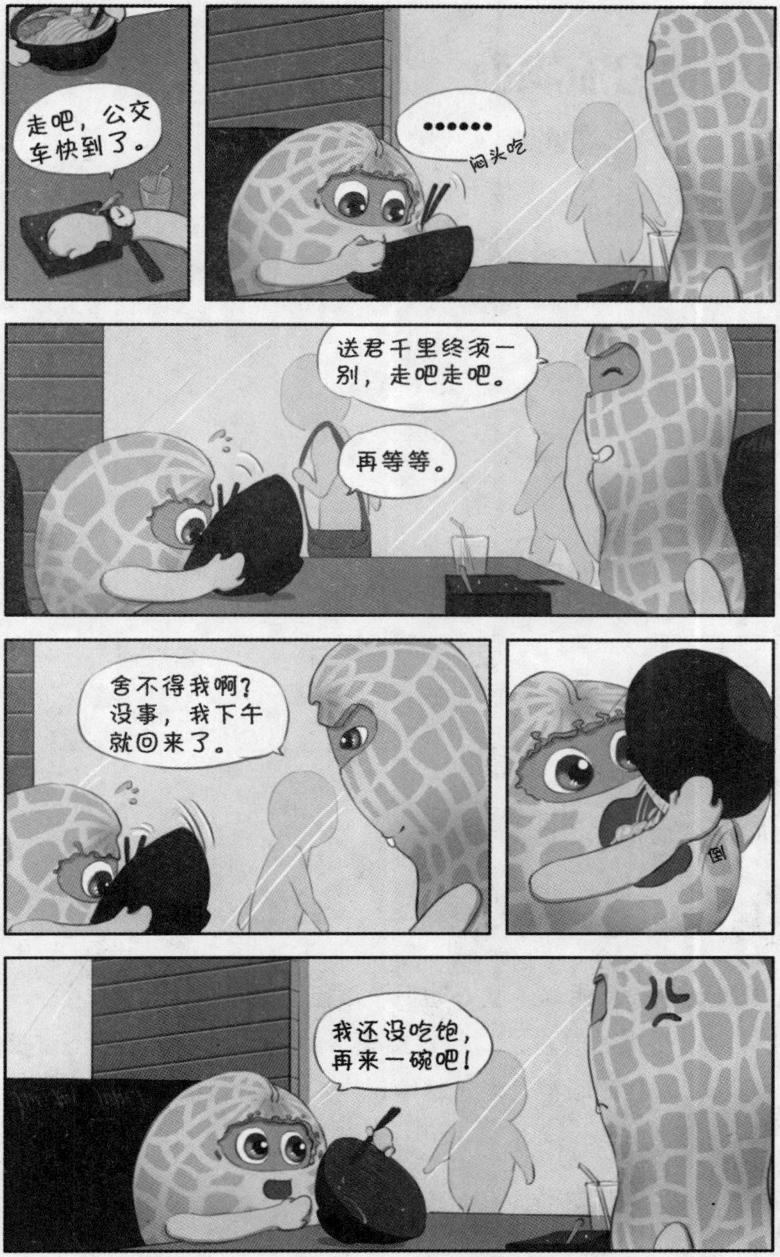
走吧，公交车快到了。
……
闷头吃
送君千里终须一别，走吧走吧。
再等等。
舍不得我啊？没事，我下午就回来了。
倒
我还没吃饱，再来一碗吧！

老板来碗泪流满面

看我不打死你

女同事：“你们说如果眼泪流下来，会怎么样？”

男同事：“胸大滴胸上，胸小滴脚上吧！”

女同事：“那你看我……”

男同事：“你肯定不会滴脚上的啦。”

女同事：“哈哈，你……”

男同事：“你脸大流不下来就干了。”

直接上

邻居是一个美女姐姐，我心动但没敢行动。爸爸知道后，说：“孬种，我像你这么大的时候，肯定直接去亲她几口，她绝对都不带反抗的。”迎着我崇拜的眼神，老爸继续说道：“因为我像你这么大时，她也才1岁。”

成年人

男：“嫁给我吧！我爱你！我不能没有你！”

女："不行，我妈妈会不高兴，她说你太没出息。"

男："哦，你如果不答应，我就死在你的面前！"说着，他端起了手枪。

女："请等一下，我去问问妈妈。"

男："嘿嘿，我就知道这招管用。"

女："我妈妈说我已经成年了，可以看这种血腥场面了。"

你和你老公好恩爱

一对好闺蜜相约去洗澡。更衣室里，一个看着另一个的内裤说："哇噻，你和你老公好恩爱呀，连内裤都是情侣的！"然后她们一起愣住了……

同行

听说商业街小偷很多，我果断去转了几天，硬是没小偷偷我东西。终于有一天发现一个小偷，我尾随了半天，鼓起勇气上去问他："哥们儿，咋不偷我呢？"

小偷一愣，接着他一句话差点没把我气死。

他说："老大，我一直以为我们是同行，你长得太猥琐了。"

没猜到结局

一美女去买衣服，美女问男老板："请问这件衣服多少钱？"

男老板色迷迷地说："我们这里消费不要钱，一件衣服只要一个吻就可以了。"

美女听后，很高兴地挑选了很多件衣服。结账时，美女指了指旁边，对男老板说："我奶奶付款。"

肯德基圣斗士

我一直幻想成为圣斗士，背着圣衣箱，一层层爬上阶梯，与恶势力作斗争，拯救那些召唤我的人，只要一想到打开圣衣箱，金色光芒四射的场景，我就热血沸腾。

现在，我成了肯德基外卖员。每天背着外卖箱，里面是金光四射的食物，被召唤着爬遍了城市各处的楼梯，与“饿势力”作斗争。

没钱

我：“绑匪大哥，我是真没钱啊！你绑架我也没用啊！要不我嫁给你怎么样？”

绑匪：“严肃点！我是缺钱，但不缺心眼！”

暗示

周末的时候我去了女朋友租住的公寓，她穿着很薄很露的睡衣，看见我忙解释说：“因为空调坏了，你可以先洗个澡凉快下。”

我知道她在暗示我，于是领着她转了一下午电器商场，最后买了一个80块的电风扇，便宜吧！

受伤的是我爸爸

两个喜欢看热闹的好朋友相约去逛街，走着走着，看到路边有一群人围观，似乎是车祸。两个人努力地想挤进人群中，但无论怎么挤都挤不进去。其中一人灵机一动大声嚷嚷：“借过一下，受伤的是我爸爸！”结果挤进一看，躺在地上的是只猪。

给跪了

问：“请说出自己最常丢的三样东西。”

我回答的是：“眼药水，润唇膏，伞。”

一同学回答："脸，爸妈的脸，老师的脸。"

再也不去那条街吃饭了

雨天，请美女吃火锅，进店后近视镜片上全是雾，于是摘了。模模糊糊我看到地上放了个墩布头，为了在美女面前表现出自己素质高，便把自己沾满泥水的鞋底在墩布上跺了两脚。

结果……那不是墩布，是条长毛狗趴在地上！然后我以跑百米的速度被那条狗追了半条街。

被褥

周末赖床，搂着老公说："有来生的话，我就选择做被褥！"

他问："为什么啊？"

我回答："因为被褥每天不是躺在床上就是在晒太阳，多爽啊！"

这货说："哦，吓我一跳！我还以为你想天天被人睡。"

不冷了

1. 买一个烤红薯，热乎乎的吃一口，即便我是自己一个人，再冷的风也感觉温暖。

2. 叫几个好友一起去吃火锅。

3. 找个喜欢的人就不冷了。

4. 下单下单下单，拿快递拿快递拿快递，拆快递拆快递拆快递。

5. 用被子自己把自己卷起来，再缩成一团。记得头要埋在被子里。想一想喜欢的人，运气好就做个美梦，不冷了。

6. 冲个热水澡，穿着厚厚的家居服靠着靠垫抱着抱枕盖着毯子，桌子上刚泡的柠檬水，电脑上放着在追的剧，身子不冷了心也暖了起来。

7. 寒从脚起，穿两双袜子，袜口还得把秋裤裹住。

8. 养一只宠物，看见它欣喜地向我跑来。

9. “给你打钱了。”

10. 在前任墓前看现任拒绝情敌。

11. 站到墙角，因为墙角有90度。

我要让全世界知道我很低调

穿毛衣的蜜蜂

我有一个很可爱的女儿，刚刚过完四岁生日。爷爷奶奶生活在乡下，女儿第一次到奶奶家，看见路边有一只蜜蜂，十分好奇，就用小手碰了碰，结果被蜜蜂叮了。女儿跑回家跟奶奶哭诉："奶奶，一只穿毛衣的苍蝇叮了我！"

干得漂亮

我和我爸在外面吃好中饭，就想逛逛，进了一家很贵的男装店，问了一件衣服的价格，店员看看我们，轻蔑地说："两万。"

谁知道我爸还笑呵呵地继续逛，一件件翻着衣服，走出店门时得意地一笑："嘻嘻，手上的油终于擦干净了。"

非诚勿扰

和爸妈一边看非诚勿扰，一边讨论明天吃什么。

突然老妈灵光一闪，一本正经地来了句："坚持选择包子，你可能会被拒绝，但是米饭和馒头你可以带走一样。"

重力势能

我们终于登上山顶了！
这么快就累了啊？
你这是在干什么？
这座山有精灵加护，登上山顶就能获得巨大的能量！
什么能量？
看这强大的“重力势能”！

倒霉

领导明令禁止上班时间玩手机，违者罚款500元，举报玩手机的可以获200元奖励。

一哥们儿玩手机的时候被另一个同事拍照了，同事把照片拿给领导举报。

领导一看照片是用手机拍的，然后他们两人都罚款500元。

最新款美女养成游戏

办公室一哥们儿把电脑桌面设成了她女神的笑颜，又把屏保设成了女神的臭脸，于是只要他离开一会儿，女神就不开心；他稍微拿鼠标摸两下，女神又阳光灿烂了。他就一直这样玩一上午了。

这个真没有

前两天在肯德基帮同学买的原味鸡，我把鸡翅吃了，放进去两个猪蹄。回来后说肯德基刚出的，结果哥们儿真信了。

今天他和女友出去逛街，回来就要打我，说和女友到肯德基，大喊了一声："要两个猪蹄。"

结果全场望了过去……

服务员说："这个真没有！"

肌肤之亲

上班期间，旁边两同事聊天，一同事问："昨晚怎么过的？"

同事回答："昨晚与一人进行了肌肤接触，我身上的每一寸肌肤都被他碰过。"

然后旁边另一同事答道："澡堂的搓澡师傅吗？"

全场爆笑。

不让抽烟

咖啡厅里，服务员走过来说："先生，这里不让抽烟。"

我站起来，往前走了两步："这里呢？"

"也不行。"

我失望地摇了摇头，又走了几步，试探地问："这里行了吧？"

"还是不可以。"

沮丧的我往左挪了几步，已经不抱希望："这里也不可以吗？"

"你都抽完了还问我！！"

霸气十足

一个拳击馆马上要开业了，朋友们前去参观。大家都指着门口的"欢迎下次光临"说："太文气了，换一句有行业特色的。"

开业那天，大家发现改成了五个字"有种你再来"。

说走就走的旅行

记者采访一个农民工："你对这次央视扫黄东莞怎么看？"

农民工吸了一口烟，含泪答道："俺还没去过三峡，三峡就给淹了，终身遗憾啊！俺还没去过香格里拉，香格里拉就给烧了，后悔莫及啊！我正准备去东莞，谁知……唉！所以，人生必须有几次说走就走的旅行。"

勇敢的小偷

刚才在医院遇见两警察扶着一个满脸是血的男人看医生。

医生问："怎么了？"

男人说："打架。"

医生说："你看你好好的为什么打架，对方也受伤了吧？"

男人说："没有，对方人多。"

医生说："那你也很勇敢啊！"

男人说："没有没有，就是不服气他们人多。"

这时旁边的警察说："你少说两句行不行，偷东西被抓着了，打成这样还有脸说。"

英语听力

一上英语课基本就是强撑，就是那种魂魄已经散去，但是眼睛还得睁着。

有一次上英语课，我被分在第一排，距离老师最近。一开始是听力考试，老师就在那看着我，我就装作很认真地写，一边听一边填写ABCD。我觉得表演得已经很好了，用余光看见老师还在关注我，就装着思考。装着装着，卷子都快写完了，突然听到一句："试音结束，现在听力考试正式开始。"

迷彩质量真好

我一朋友是武警，他跟我说有次在路边招手打车，连续几辆出租车空车，但司机看都不看他一眼飞驰而过。朋友把拒载行为诅咒了千万次后终于有一辆出租车从他身边开过，然后急刹，司机探出头来一脸惊讶地看着他："解放军同志，要我说你们这个迷彩服做得是真好，你看你站在绿化带打车，我要不仔细还真是看不见……"

免费劳力

美国联邦调查局的电话铃响了。

"你好，是联邦调查局吗？"

"是的，有什么事吗？"

"我举报邻居汤姆。他把大麻藏在他家的木柴中。"告发者说。

"我们会调查的。"联邦调查局特工说。

第二天，联邦调查局人员去了汤姆家。他们搜查了放木柴的棚子，劈开了每一块木柴，没有发现大麻，把汤姆骂了一顿后走了。

汤姆家的电话响了。

“喂，汤姆！联邦调查局的人帮你劈柴了吗？”

“劈了。”汤姆答道。

“好，现在该你打电话了，我家花园要翻土。”

简直了

大学生的课堂上，老师只要一说大家把黑板上的东西记下来，就会看见同学们纷纷拿出手机拍照，那场面都赶上开记者招待会了。

但此时老师的表情简直了……

美女

问二货老公，喜欢看美女穿丝袜吗？二货老公正义凛然地说：“我是正经人，你就不应该这么问！”当我正要惭愧的时候，他接着说：“我喜欢看不穿衣服的美女！”

到底谁想死

有位老大爷过马路被一辆面包车刮倒了，大家都心里一紧，老大爷却自己站了起来，拍了拍身上的泥土。正当大家都松了一口气时，面包车司机却摇下车窗吼：“糟老头，想死呀！不长眼睛！”老大爷一愣，先是意味深长的望了那司机一眼，然后慢慢地坐回地上，躺平了。

又到了动物作死的季节

活着最幸福

小鸡想知道什么是幸福，于是跑去问老虎。老虎答："一家人在一起就是幸福。"

又跑去问狮子，狮子说："有三妻四妾就是幸福。"

再跑去问豹子，豹子说："身体健康就是幸福。"

小鸡跑回家告诉妈妈，妈妈说："其实你今天是最幸福的。"

小鸡疑惑："为什么呀？"

妈妈说："你今天能活着回来就很幸福了，你看看你问的那几个都是什么人，多悬啊！"

求之不得

一只蛆虫看见一只小蚂蚁在角落里黯然神伤郁郁寡欢。

它爬过去不解地问："你怎么了？"

小蚂蚁沮丧地说："整天受人欺负，那些大个的恨不得骑在我头上拉屎，真是个弱肉强食的时代！"

蛆虫一听十分迷惑："你真是身在福中不知福，有人骑在我头上拉屎，我求之不得！”

对不起，你知道的太多

半夜睡不着，起来到客厅，看见一只蟑螂。闲来没事我就对着它聊了起来。

把我对上司的不满、生活的看法和各种因素的压力统统告诉它。

烟抽完，一脚就把它踩死了，谁让它知道了这么多！

社会是个大染缸

一只小蛆虫望着嗡嗡乱飞的苍蝇，不解地问：“我以后真的会变成你这样子？”

苍蝇得意地说：“那当然！这样你就可以到处看看！”

蛆虫迷惑地问：“那我为什么是白色的？”

苍蝇笑道：“那叫‘出污泥而不染’！”

蛆虫依旧疑惑：“可你为什么是黑色的呢？”

苍蝇听了黯然失色，感慨地说：“你不懂，社会就是一个大染缸啊！”

得意的耗子

一只耗子悠闲地趴在洞口，看着门口的狗，说：“你这么辛苦工作，还要蜗居。看看我自己干，都置办了几套房子了。”

狗说：“工薪阶层，没条件改善啊！不像你能享受生活。”

耗子面露得意。这时有猫叫声传来。耗子慌张地跑了。

狗问：“不享受了？”

耗子扔出一句：“比起享受，安全第一啊！”

打架

一天，一只麻雀对鸽子说：“你敢去打老鹰吗？”“当然敢了。”说完鸽子就飞走了，过了一会儿鸽子飞了回来，身上的羽毛一根也没了。麻雀问：“出了什么事？”鸽子说：“那小子不服气，我光着膀子揍了他一顿。”

王八看绿豆

蝴蝶爱上了乌龟，可不知怎么开口，请教螃蟹。

螃蟹告诉它要把自己涂成绿色，吃成圆形，这样才像绿豆。因为“王八看绿豆”，才能看对眼。

屎壳郎的家事

屎壳郎妈妈在门外大叫：“儿子，不要再臭美了，弄一个中分得了。”

半天，没有人回应。进去一看，不得了，儿子躺在地上不省人事。

屎壳郎妈妈急得大叫：“老头子，不好了，快叫救护车。”

屎壳郎爸爸问：“怎么了？”

屎壳郎妈妈又气又笑：“这个笨蛋，把杀虫剂当摩丝了！”

壁虎遇鳄鱼

一只壁虎误入鳄鱼池，丧命之时，壁虎急中生智，一把抱住鳄鱼大叫：“妈妈！”

鳄鱼一愣，立刻老泪纵横：“孩子，都瘦成这样了，别再上班了！放假休息下吧。”

虾扯蛋

小龙虾相亲之后回家闷闷不乐。

龙虾妈妈说：“乌龟有什么不好，人家身体好，长命百岁，你不用担心守寡，最重要的是有房子住啊！”

小龙虾大哭：“好什么好？生个孩子还得叫王八蛋，哪天我拉着孩子逛街人家就说我虾扯蛋了！”

结婚生子

一只蜈蚣在墙角晒日头，苍蝇飞过去落在蜈蚣旁边。

挂在屋檐下的鹦鹉看见了，大声地问：“你俩谈恋爱吗？什么时候结婚？”

蜈蚣听了，不耐烦地说：“快了，到时候请你去吃饭！”

鹦鹉笑着说：“你俩要是结婚了，将来会生个什么怪东西？”

苍蝇气愤地说：“生个蝇蜈（鹦鹉）！”

守株待兔

一只母兔撞到树上，被正在种田的农夫带回家。

尝到美味的农夫第二天早早就来到树下等，果然又有一只母兔撞到树上。

第三天农夫不再种田，专门站在树下等兔子，结果又带回一只撞树的母兔。

这个故事告诉我们：女司机出门就不要乱开车！

手球和足球

蛇：“谁跟我提足球，我就跟谁急！”

龙：“我也不玩足球，弄不好，它们总说我故意‘自摆乌龙’！”

蜈蚣：“为了省钱，我也从来不穿鞋。那咱们不玩足球，玩手球好不好？”

《暴牙小鬼》

汇集了最新的超人气笑话，分数多个主题，并且配有超级爆笑的四格漫画。图文并茂，使每个笑话都让人捧腹大笑。是您在工作学习之余必备的减压读物。

一本能把活人笑死，把死人笑活，把半死不活的人笑得死去活来的超级笑话书！

《思维游戏》

本书从观察力、想象创造力、逻辑推理力、语言文字力、计算力五个方向入手，配合童趣十足的趣味文字和画面，充分开发孩子的大脑，全面提升孩子的综合能力。

翻开本书，让你快乐翻三倍！全面提高反应力、创造力、记忆力、专注力、洞察力！

《侦探推理》

本书共录入有221个诡异莫测但真相却令人大跌眼镜的侦探小游戏，翻完本书，你也可以成为名侦探柯南。

翻开本书，当侦探，做推理，脑袋变机灵！越玩越上瘾，越玩越聪明！

《头脑风暴》

本书从想象力、反应力、思考力、幽默力、创新力五种能力出发，精选了一些有益于孩子思维方式训练的经典脑筋急转弯，让孩子在思考的同时训练大脑，在知晓答案后捧腹大笑。

翻开本书，突破思维极限，打破思维惯性，让你的脑袋转得比谁都快！